AVENTURES ET MÉSAVENTURES

DU

BARON DE MÜNCHHAUSEN

IMITÉES DE L'ALLEMAND

PAR

J. LEVOISIN

Illustrées de 18 planches en chromolithographie

PAR

E. BICHARD

PARIS

LIBRAIRIE HACHETTE ET Cie

79, BOULEVARD SAINT-GERMAIN, 79

1879

AVENTURES ET MÉSAVENTURES

DU

BARON DE MÜNCHHAUSEN

7

PARIS. — IMPRIMERIE A. MARTINET, RUE MIGNON, 2

AVENTURES ET MÉSAVENTURES

DU

BARON DE MÜNCHHAUSEN

IMITÉES DE L'ALLEMAND

PAR

J. LEVOISIN

Illustrées de 18 planches en chromolithographie

PAR

E. BICHARD

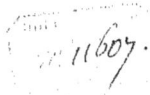

PARIS

LIBRAIRIE HACHETTE ET Cⁱᵉ

79, BOULEVARD SAINT-GERMAIN, 79

1879

Droits de propriété et de traduction réservés.

AVENTURES ET MÉSAVENTURES

DU

BARON DE MÜNCHHAUSEN

I

Mynheer van Gossipius, sir Lewis W. Caruthers et le docteur Kornelissohn. — Le Baron de Münchhausen donne à son auditoire
la plus favorable idée de son caractère.

Quand le bruit se répandit en Europe que le célèbre Baron de Münchhausen s'était enfin
décidé à prendre du repos et qu'il avait résolu de finir tranquillement sa vie dans le château
de ses pères, trois Sociétés illustres lui décernèrent le titre de membre honoraire. Par un
singulier hasard, les trois délégués qui furent chargés de lui apporter les diplômes arrivèrent
le même jour au château du Baron. La mission officielle de ces trois personnages, remar-
quables à des titres différents, était de remettre les diplômes ès mains du récipiendaire, dans
les formes voulues et avec les compliments d'usage. Leur mission secrète était de tirer du
Baron, si faire se pouvait, le récit de ses aventures, afin d'enrichir du fruit de son expérience
et de ses observations les archives des trois Sociétés, pour l'édification de l'univers et le plus
grand profit de l'humanité.

Le premier de ces envoyés venait au nom de la Société des *Quid nunc?* de Broek, en
Hollande ; il s'appelait Mynheer van Gossipius : c'était un amateur de tulipes, de philosophie
transcendante et de grog au rhum.

Le deuxième était le docteur Kornelissohn, de la Société de l'*Insatiable Curiosité*, de Pumpernikel, en Allemagne : grand amateur d'histoire naturelle, de chasse et de grog au rhum.
Seulement, comme il était d'une myopie incurable et d'une maladresse sans égale, il ne
savait sur l'histoire naturelle et sur la chasse que ce que l'on en peut apprendre dans les
livres, n'ayant pu de sa vie disséquer proprement un hanneton, ni tirer un coup de fusil,
sans endommager quelqu'un ou quelque chose.

Le troisième était un Anglais au poil roux, sir Lewis Caruthers, esquire, de la *Société des
Excentriques*, de Chiltern-Districts. Des amis complaisants, pour le flatter, l'appelaient tantôt
le *Commodore*, et tantôt le *Centaure*, parce qu'il avait un goût prononcé pour les choses
nautiques et hippiques. Il était, comme les deux autres délégués, amateur de grog au rhum.

Comme le Baron, de son côté, n'avait aucune aversion pour ce mélange réconfortant, ces quatre illustres personnages se trouvèrent, dès le soir même, installés dans une salle basse du château autour d'une grande table en noyer, d'apparence peu féodale, mais où l'on voyait quatre grandes pipes hollandaises (car on fumait déjà la pipe dans ce temps-là), une provision de tabac suffisamment sec, quatre verres à facettes, dont il n'est pas nécessaire de spécifier l'usage, un flacon de rhum, du sucre pour les personnes délicates et une respectable bouillotte remplie d'eau chaude.

« Par ma pipe! dit le Baron, je veux que ce verre de grog m'étouffe, si je dis un seul mot qui ne soit la pure et simple vérité. »

Après avoir prononcé ces paroles, dignes d'être transmises à la postérité la plus reculée, le Baron tira solennellement trois grosses bouffées de sa pipe; ensuite il cacha le bec d'aigle qu'il appelait son nez dans les profondeurs de son verre. Quand il eut avalé avec un plaisir évident quelques gorgées de grog au rhum, il regarda les trois savants avec des yeux sérieux, presque sévères, effila les pointes de ses longues moustaches et reprit avec une admirable dignité : « Si je mens d'un mot...

— Oh! monsieur le Baron! s'écrièrent en chœur les trois délégués avec une indignation de bonne compagnie.

— Très-bien! dit le Baron d'un air moins sévère. Vous saurez donc que j'ai eu le goût des voyages et des aventures dès ma plus tendre enfance.

— Chez tous les grands hommes, dit le philosophe van Gossipius, la vocation s'est révélée de bonne heure. »

Le Baron, en souriant, adressa un petit salut au philosophe. Le naturaliste et le commodore, au contraire, lancèrent à leur codélégué des regards qui n'étaient pas tendres. Ils se demandèrent, dans leur for intérieur, si le Hollandais ne serait pas un intrigant et s'il n'aurait pas conçu le dessein machiavélique d'accaparer les bonnes grâces de l'illustre récipiendaire.

Le Baron reprit : « Feu mon père (que Dieu ait son âme!) pinçait les lèvres, fronçait les sourcils et me tournait le dos aussitôt que je parlais de mon désir de voir le monde; et cependant il a été lui-même un grand voyageur.

— Oh oui! dirent les trois savants en levant les yeux au ciel, d'un air d'admiration profonde.

— Quant à ma mère, poursuivit le Baron, elle se couvrait les yeux de sa main et se mettait à trembler au seul mot d'aventures; et mes tantes, deux très-vieilles demoiselles, se trouvaient mal toutes les deux à la fois.

— Les femmes... » hasarda le philosophe.

Mais le naturaliste et le commodore lui coupèrent la parole et ils lui dirent d'un ton aigre-doux que s'il interrompait à chaque mot, M. le Baron perdrait le fil de son discours.

« Heureusement que j'avais un oncle maternel, » poursuivit le Baron.

Cette fois le philosophe ne dit rien, mais il fit un signe de tête qui voulait dire : « Heureusement qu'il avait un oncle maternel ! »

Cet oncle maternel avait vaincu les résistances de toute la famille et avait emmené le jeune Baron avec lui, à Ceylan.

II

Départ pour Ceylan. — Le *Quercus pivotans cucumifera* de Carpathius Aliboro. — Entre un lion et un crocodile. Pourquoi il est si difficile d'écrire l'histoire vraie.

« Nous partîmes d'Amsterdam, dit le Baron, avec des dépêches de Leurs Hautes Puissances les États de Hollande. »

Le philosophe baisse respectueusement la tête, en entendant le nom vénéré des États de Hollande.

« Monsieur le commodore, continua le Baron, je vous désappointerai en vous disant que notre traversée fut absolument insignifiante; mais je me suis imposé pour règle de dire la vérité, fût-elle la plus plate du monde. Nous avions relâché à une île, quelque part par là-bas, pour nous approvisionner de bois et d'eau. Il y eut une tempête si violente que le vent déracinait des arbres énormes. Et savez-vous, monsieur le naturaliste, ce que le vent faisait de ces arbres énormes?

— Il les couchait tout à plat, dit le naturaliste avec un sourire de complaisance.

— C'est ce qu'il se contente de faire dans ces pays-ci, reprit le Baron avec un fin sourire. Mais là-bas il les enlève en l'air, en les faisant pivoter comme des toupies, et si haut, si haut, que ces arbres monstrueux vous font l'effet de méchantes plumes de moineau.

— Ne s'agirait-il pas, demanda vivement le naturaliste, de l'arbre extraordinaire désigné par Carpathius Aliboro sous le nom de *Quercus pivotans cucumifera?*

— Il se peut, répondit le Baron. Dans tous les cas, lorsque ces arbres furent à cinq milles en l'air, la tempête se calma aussi subitement qu'elle s'était déchaînée, et les arbres retombèrent perpendiculairement, chacun à sa place.

— Tous? demanda gravement sir Lewis Caruthers.

— Non, pas tous, répondit le Baron. Le plus gros de ces arbres avait emporté une femme et son mari qui cueillaient tranquillement des concombres...

— C'est bien mon arbre! s'écria triomphalement le naturaliste, ou plutôt c'est celui de Carpathius Aliboro; *pivotans*, il pivote; *cucumifera*, il porte des concombres.

— Tant mieux, si cela vous fait tant de plaisir, dit le Baron avec bonté. Le poids du bonhomme et de sa bonne femme suffit pour déranger l'équilibre de l'arbre aux concombres. Il retomba donc horizontalement et écrasa le roi de l'île. Comme tous les autres habitants, il était sorti de sa maison pour n'être point écrasé, en cas qu'elle fût renversée. Il traversait son jardin pour rentrer chez lui, lorsque fort heureusement la chute de ce gros arbre le mit en marmelade.

— Fort heureusement! Oh! monsieur le Baron! dit le philosophe d'un ton de douce remontrance.

— J'ai dit: fort heureusement, et je répète : fort heureusement! reprit le Baron d'un ton sévère. Ce chef était un mauvais drôle, un tyranneau qui opprimait ses sujets de toutes les façons. Les gens du pays, reconnaissants envers les deux bonnes gens qui les avaient délivrés si à propos, les mirent à sa place.

» Après avoir réparé les avaries que la tempête avait causées à notre navire, nous repartîmes pour Ceylan, sans négliger de présenter nos hommages au nouveau roi et à la nouvelle reine.

» En six semaines nous arrivâmes à Ceylan. Le lendemain même de notre débarquement, je partis avec un des frères du gouverneur pour aller à la chasse. Comme il était meilleur marcheur que moi et, de plus, habitué à la chaleur du climat, il prit les devants, et il avait déjà disparu dans l'épaisseur de la forêt quand je n'étais encore qu'à la lisière. Je regardais avec attention une grande pièce d'eau près de laquelle j'étais arrivé, quand j'entendis tout à coup du bruit derrière moi. Je me retourne, et je vois un lion énorme qui s'avance de mon côté, d'un air qui ne pouvait me laisser aucun doute sur ses intentions. »

Un petit frémissement parcourut l'auditoire.

Le Baron se passa la main sur les moustaches et dit :

« Je n'avais qu'un fusil, et il était chargé à petit plomb. Tirons toujours, pensai-je; peut-être aura-t-il peur de la détonation, peut-être le blesserai-je grièvement. Je tire hors de portée, le lion bondit vers moi. Vous me croirez si vous voulez, mais je le dirai puisque c'est la vérité, je songeai à fuir. Je n'eus pas plus tôt tourné le dos que je me trouvai en face d'un crocodile monstrueux, qui ouvrait la gueule d'un air de béatitude en me voyant venir à lui. Pardonnez-moi, monsieur le naturaliste, si je n'ai pas compté ses dents sur l'heure; tout ce que je puis vous dire, c'est qu'elles étaient innombrables, longues et pointues à faire frémir.

— Horrible! s'écria l'auditoire.

— Notez bien qu'à ma gauche il y avait un rocher à pic, et à ma droite un étang où grouillaient d'autres crocodiles. Dites-moi, pour voir, ce que vous auriez fait à ma place. »

Le philosophe leva les yeux au plafond, en se pinçant la lèvre inférieure avec son pouce et son index; le naturaliste respira avec force et le commodore chercha la solution du problème dans son verre. Il ne l'y trouva pas, quoique ses recherches eussent été profondes. Après avoir joui de leur embarras, le Baron reprit:

« Me voyant perdu, je me jetai à genoux pour implorer la miséricorde de Dieu, et je fermai les yeux. Il me sembla qu'un vent léger m'effleurait, et aussitôt j'entendis du côté du crocodile un bruit si étrange que je rouvris les yeux. Au moment où je m'étais agenouillé, le lion, dans son élan, avait passé par-dessus moi et s'était jeté, la tête la première, dans la gueule béante du crocodile. Je me relève alors, et d'un seul coup de mon couteau de chasse, je tranche la tête du lion au ras de la gueule du crocodile. Le corps roule à mes pieds; sans perdre une minute, j'enfonce avec la crosse de mon fusil la tête du lion dans la gorge du crocodile et je l'étouffe net.

— Hip, hip, hurrah! s'écria sir Lewis avec enthousiasme, et il porta à ses lèvres son verre, qu'il avait méthodiquement rempli pendant la narration du Baron.

— Cependant, continua l'illustre chasseur, mon compagnon était revenu sur ses pas. Coup double! me dit-il, en me serrant les mains, mon cher baron, je vous félicite de tout mon cœur!

— Il y avait de quoi! s'écria le naturaliste; mais puis-je vous demander ce que vous avez fait de la dépouille de vos ennemis?

— Avec la peau du lion je fis confectionner des blagues à tabac que je distribuai à mes amis. Quant au crocodile...

— Je l'ai vu au musée d'Amsterdam, dit le philosophe; il a quarante pieds de long de la pointe du museau à l'extrémité de la queue. Le gardien du musée raconte l'histoire à tous les visiteurs. Il prétend seulement que le lion a traversé le crocodile de part en part; que c'est à la sortie seulement que l'illustrissime Baron (ce sont ses propres termes) lui a coupé la tête, et du même coup trois pieds de la queue du crocodile. Cet homme ajoute que le crocodile, furieux d'avoir la queue coupée, arracha le couteau de chasse des mains de M. le Baron et l'avala avec tant de rage qu'il en eut le cœur transpercé et mourut soudain. »

Le naturaliste et le commodore, voyant que le Hollandais prenait tant d'importance et se taillait une si large part dans la conversation, firent entendre un murmure désapprobateur. Quant au Baron, il dit d'un ton grave : « Cet homme a tort de vouloir enjoliver la vérité par de telles inventions. Ce sont les hâbleurs de cette espèce qui font que l'on a tant de peine à écrire l'histoire vraie. »

III

Manière de traverser un fleuve sans barque et sans pont. — Opinion du Baron sur le jury. — Une belle parole du docteur Kornelissohn. — Départ du Baron pour la Russie. — Un cheval suspendu par la bride au coq d'un clocher. — Moyen ingénieux de le faire descendre sans échelle.

« La première fois que je visitai votre pays, sir Lewis, ce fut sous le règne de George III, à mon retour de Ceylan. Je fus obligé d'aller à Wapping pour faire charger quelques ballots que j'envoyais à des amis à Hambourg. Je pris par Tower Wharf pour revenir. Comme il faisait très-chaud et que j'étais fatigué de ma course, je me mis à l'ombre dans l'intérieur d'un des gros canons qui se trouvaient là et je m'y endormis profondément.

« C'était, je m'en souviens, vers l'heure de midi, le 4 juin, jour anniversaire de la naissance du roi. Juste à une heure, on tira le canon pour célébrer ce grand jour. Comme les canons étaient chargés depuis le matin et que personne ne m'avait vu m'introduire dans celui où je dormais, personne n'avait pu me prévenir; je fus lancé par-dessus la Tamise, et je tombai sur une meule de foin dans la cour d'une ferme. J'y demeurai environ trois mois, parce que la commotion m'avait plongé dans un sommeil léthargique. Au bout de trois mois, le foin étant venu à renchérir, le fermier ordonna de porter tout son foin au marché. Quand les hommes de la ferme montèrent avec des échelles sur le sommet de la meule, le bruit qu'ils firent me réveilla en sursaut. Après un sommeil si prolongé, suivi d'un réveil si brusque, je ne me rendis pas bien compte de ce qui se passait, et mon premier mouvement fut de m'enfuir avec précipitation. Je perdis l'équilibre et je tombai sur le fermier, qui fut assommé sur place.

— Homicide par imprudence, dit gravement sir Lewis. Je suppose que vous avez pu donner caution, que vous avez plaidé non coupable, et que le jury n'a pas manqué de vous acquitter.

— Je n'ai pas donné de caution, dit le Baron d'un ton sec, et je n'ai rien plaidé du tout. J'avais trop de choses en tête pour perdre mon temps avec les magistrats, surtout après avoir déjà passé trois mois à dormir. Ma conscience d'ailleurs ne me fit point de reproches, car ce fermier était un coquin qui accaparait le foin pour le revendre le triple de sa valeur quand tout le monde en manquait. »

L'Anglais prit un air gourmé en entendant un étranger, tout Baron qu'il était, parler si légèrement du jury, dont l'institution remonte à Alfred le Grand. Mais ses yeux lancèrent des éclairs et son nez devint tout blanc, quand il vit que le docteur Kornelissohn le regardait d'un air narquois. L'air narquois de l'Allemand se transforma en une grimace obséquieuse quand il adressa au Baron les paroles suivantes : « C'est un honneur immérité pour ce drôle d'avoir été assommé par M. le Baron, au lieu d'être pendu par le shérif, comme accapareur.

— D'autant plus, dit le Baron avec complaisance, que la Russie avait besoin de moi pour combattre le Turc, et j'avais déjà trop tardé. Cependant, toutes réflexions faites, je ne partis pour la Russie qu'au milieu de l'hiver. Les routes de l'Allemagne du Nord, de la Pologne, de la Courlande et de la Livonie sont détestables; la gelée et la neige parent à cet inconvénient. Je m'en allais donc chevauchant à petites journées, lorsque je me trouvai un soir au milieu d'un désert de neige. Pas un village en vue, pas une maison de paysan, rien que de la neige. A la guerre comme à la guerre! je prends mon parti en brave. J'attache mon cheval à un petit arbre gelé et je bivouaque sur la neige. Par prudence, j'ai soin de mettre mes pistolets sous mon bras : on ne sait pas ce qui peut arriver. Je suis bon dormeur de ma nature. Je m'endors donc d'un profond sommeil, et je ne me réveille que le lendemain, au grand jour. Où suis-je? telles furent mes premières paroles. En effet, je me suis endormi sur une plaine de neige, et je me réveille au beau milieu d'un cimetière de village. Et mon cheval? On m'a volé mon cheval! Tout à coup je l'entends qui hennit bien au-dessus de ma tête. Je lève les yeux, et je le vois suspendu par la bride au coq du clocher.

— Au coq du clocher! s'écria le philosophe. Voilà une chose tout à fait incompréhensible.

— Très-compréhensible, au contraire, répondit le Baron en se passant la main sur la moustache. Pendant la nuit la neige avait fondu et graduellement, sans m'en apercevoir, j'étais descendu à mesure qu'elle fondait. Mon cheval, attaché à la tige du coq du clocher, que j'avais pris la veille pour un petit arbre desséché, avait été retenu par la bride; voilà pourquoi et comment il se débattait à une centaine de pieds au-dessus de moi.

— Je suis curieux, dit le naturaliste, de savoir comment vous vous y êtes pris pour ravoir votre cheval. A supposer qu'on pût trouver dans le village une échelle assez longue, je me figure malaisément un cheval descendant d'un clocher par une échelle.

— Aussi, dit le Baron, ne me suis-je point servi d'une échelle. Je me pique de n'être point un trop mauvais tireur. Je pris un de mes pistolets, et d'une balle je coupai la bride qui retenait le cheval.

— Simple comme toutes les grandes inventions, » s'écria l'Allemand en faisant des yeux tout blancs pour témoigner de son ravissement.

Le centaure sortit de son silence boudeur pour dire : « Je suppose que le pauvre cheval a reçu ce jour-là double ration d'avoine.

— Triple! répondit le Baron avec emphase.

— Trop est trop, » grommela l'Anglais.

Le Baron n'entendit pas ou ne voulut pas entendre et poursuivit tranquillement.

IV

Un loup attaché à un traîneau. — Trente-six chandelles. — Un nouveau moyen d'enflammer la poudre.
La laie aveugle et son fils. — Chargé par un sanglier.

« Je n'eus qu'à me louer de cette excellente bête ; mais il vint un moment où je fus forcé de me séparer d'elle. Dans le pays où j'étais arrivé, on ne pouvait voyager qu'en traîneau. Je me procurai donc un traîneau à un cheval. Comme je traversais une obscure forêt de pins, j'entendis les hurlements d'un loup affamé qui nous poursuivait. J'excitai le cheval du fouet et de la voix, quoique, à vrai dire, il n'eût guère besoin d'être excité. Il ne courait pas, il volait. Cependant les hurlements du loup se rapprochaient de plus en plus. Ma foi! me dis-je, en me cachant dans le fond du traîneau, tirons-nous de là par la ruse et sauvons-nous, s'il le faut, aux dépens du cheval. Après tout, la vie d'un homme est plus précieuse que celle d'un cheval.

— Pas toujours, » pensa irrévérencieusement le centaure.

Le docteur s'écria avec onction : « Surtout la vie de M. le Baron! »

« Le loup, poursuivit le Baron, sauta sur le cheval, et quand j'osai risquer un œil, je vis avec horreur qu'il lui avait déjà dévoré tout le train de derrière. Le pauvre cheval n'en courait que plus vite, ne pesant plus que moitié de son poids ordinaire. Le loup cependant dévorait toujours avec la même rage. Attends! dis-je en moi-même, je vais bien l'attraper. Aussitôt je le chargeai de coups avec le manche de mon fouet. Pour fuir les coups, il poussa en avant avec une telle énergie, que les débris du cheval tombèrent de chaque côté sur la neige; le loup alors se trouva pris dans les harnais à la place du cheval. Quelqu'un de vous, messieurs, a-t-il jamais fait une course dans un traîneau attelé d'un loup furibond? »

Ces messieurs secouèrent la tête, et le Baron leur dit : « Alors, je renonce à vous donner une idée d'une chose aussi excentrique. Tout ce que je puis vous dire, c'est qu'au moment où ni le loup ni moi ne nous y attendions, nous pénétrâmes dans Saint-Pétersbourg avec la rapidité de la foudre. Les regardants n'en croyaient pas leurs yeux. »

Les trois auditeurs n'en croyaient pas leurs oreilles. Le Baron jouissait silencieusement de leur surprise et de leur admiration. Ayant fait une pause pour bourrer une nouvelle pipe (car il avait la faculté rare de parler en fumant), il ordonna au gros Jahn, son valet, d'apporter une nouvelle provision de rhum.

« En Russie, dit-il après avoir allumé sa pipe, les choses vont encore si lentement, que je n'obtins pas tout de suite la commission que l'on m'avait promise. Mais vous pensez bien que je ne fus pas embarrassé pour occuper mes loisirs.

» Un matin, j'aperçus par les fenêtres de ma chambre à coucher une bande de canards sauvages qui prenaient leurs ébats sur la glace d'un étang. Je me levai aussitôt, je saisis mon fusil, et je descendis avec tant de précipitation que je me heurtai violemment la figure contre le chambranle de la porte. Je vis, comme on dit vulgairement, trente-six chandelles. Au moment de tirer sur les canards, je m'aperçus, à mon grand désappointement, que ma pierre à fusil était tombée par la violence du coup que je m'étais donné. Monsieur le docteur Kornelissohn, vous qui êtes chasseur, qu'auriez-vous fait en pareille occurrence?

— Je serais rentré bien vite à la maison pour remplacer ma pierre, répondit le docteur après une minute de réflexion.

— Et pendant ce temps-là, reprit un peu dédaigneusement le Baron, les canards se seraient sauvés. A la chasse, comme à la guerre, il faut savoir se décider tout de suite, et user de tous les expédients. Ne vous ai-je pas dit qu'en me cognant contre la porte, j'avais vu trente-six chandelles? Ce souvenir fut, sans calembour, un trait de lumière pour moi. Je visai donc tranquillement mes canards, et, m'appliquant un vigoureux coup de poing sur l'œil, j'en fis jaillir de nouveau trente-six chandelles qui mirent le feu à la poudre. Résultat : trente canards sauvages et une quantité innombrable d'autres oiseaux qui se trouvaient là avec les canards, pour leur malheur.

» Un autre jour que je me promenais tranquillement dans une forêt, je vis venir à moi un sanglier, suivi d'une laie. J'épaule mon fusil et je tire, presque sans viser. A ma grande surprise, aucun des deux animaux ne tombe. Le sanglier s'enfuit et court encore; quant à la laie, elle demeure immobile. Comme j'aime à me rendre compte des choses, je m'approche de la laie.

— Quel admirable sang-froid! dit l'obséquieux docteur en joignant les mains.

— Je m'aperçois que cette laie est aveugle, et qu'elle tient entre ses dents le bout de la queue du sanglier. Comprenez-vous, messieurs? ce sanglier était le fils de la laie aveugle, elle le tenait par le bout de la queue pour se conduire.

— Admirable exemple de piété filiale! s'écria le délégué des *Quid nunc?*

— Ma balle avait rompu la laisse. Le marcassin écourté s'était enfui en grognant, et la mère aveugle attendait son retour, le bout de la laisse entre les dents. Je pris délicatement entre l'index et le pouce ce qui restait de la queue du marcassin, et la laie me suivit sans l'ombre de résistance.

» Une autre fois, je fus chargé à l'improviste par un énorme sanglier; je n'eus que le temps de me jeter derrière un arbre. Ce sanglier était probablement parent du marcassin que j'avais écourté, et de la laie que j'avais réduite en captivité; cela expliquerait sa fureur contre moi. (Ici le *Quid nunc?* prend une note où il est question du merveilleux instinct et de l'esprit de famille dont la Providence a doué les animaux.) Mais, dit le Baron, la fureur est mauvaise conseillère. Cette brute prit mal ses mesures, et ses deux défenses s'enfoncèrent dans mon arbre si profondément qu'il ne put les retirer. Pour plus de sûreté, je fis d'un caillou un marteau et je les enfonçai encore plus profondément. J'eus le temps d'aller au village voisin et d'en revenir avec des cordes pour lier l'animal et un traîneau pour l'emporter. Jahn, du sucre!

V

Un ours bien penaud. — Beefsteak d'ours. — Un loup retourné comme un gant.

.

« Les animaux doivent avoir un instinct secret qui les avertit du moment où ils peuvent se ruer sur leur ennemi avec le plus d'avantage. Vous entendez cela, monsieur le naturaliste? »

Oui, le naturaliste entendait cela; la preuve, c'est que son crayon courait avec célérité sur ses tablettes.

« Exemple, reprit le Baron. Je venais de dévisser la pierre de mon fusil pour en aiguiser la pointe. C'est juste le moment que choisit un ours énorme pour se jeter sur moi. Je n'ai que le temps de grimper dans un arbre. Au moment où je cherche mon couteau pour revisser ma pierre, je m'aperçois qu'il est tombé à terre, presque entre les pattes de l'ours. Une ophthalmie dont je souffrais pour le moment m'empêchait de faire jaillir, par percussion, trente-six chandelles de mon œil. Mon parti fut bientôt pris. Je tirai de ma gibecière plusieurs brasses de ficelle, un morceau de poix et un crochet de fer. Je fixai le crochet de fer à l'une des extrémités de la ficelle; puis, réchauffant contre ma poitrine la poix qui était dure comme de la pierre à cause de la gelée, j'en frottai le crochet de fer.

2

— Pourquoi l'ours ne grimpait-il pas après M. le Baron? demanda poliment le naturaliste; car ces bêtes-là grimpent sur les arbres.

— Celui-là, répondit le Baron, était fatigué d'une longue route qu'il avait faite; et d'ailleurs, sûr désormais que je ne lui échapperais pas, il se donnait un plaisir de gourmand, celui de considérer longuement son dîner avant de le dévorer. Sa curiosité s'était cependant éveillée à la vue de mes préparatifs; je voyais clignoter ses yeux clairs; il remuait l'oreille gauche d'un air narquois, et sa gueule avait un sourire ironique qui semblait dire : Mon cher Baron, si c'est avec des lignes comme celle-là que vous pêchez des ours, vous devez souvent rentrer bredouille.

» Je lui rendis sourire pour sourire et je lui dis : Mon gros patriarche, si c'est là toute la sagesse que tu as amassée dans ta longue carrière, il ne t'aura servi à rien de vieillir. Rira bien qui rira le dernier. Là-dessus, je lance mon crochet de fer; l'ours, en l'entendant sonner contre la terre gelée, baisse nonchalamment la tête. Mon crochet atteint le manche du couteau de chasse, la poix s'y attache fortement par l'effet de la gelée, et je ramène le tout. Bruin lève le nez, et je vois à son sourire qu'il se dit en lui-même : Baron, te voilà bien avancé avec ce joujou d'enfant! Cependant, lorsqu'il vit que je me servais du couteau pour revisser ma pierre à fusil, il devint sérieux, se dressa contre l'arbre et se mit en devoir de grimper. Déjà je sentais la chaleur de son haleine, lorsque je lui envoyai toute ma charge dans la gueule; il fut guéri à tout jamais du désir de grimper aux arbres pour manger du baron. Cette fois ce fut le baron qui mangea de l'ours. Le beefsteak d'ours est un mets exquis! Jahn, de l'eau chaude!»

Pendant que Jahn allait chercher de l'eau chaude, sir Lewis demanda la recette du beefsteak d'ours, et le représentant de l'*Insatiable Curiosité* prit des notes avec rage. Le *Quid nunc?* réfléchissait profondément sur l'admirable présence d'esprit du Baron et sur la merveilleuse fécondité de son intellect. Il se proposait de faire un beau livre là-dessus!

« J'avais tiré ma dernière charge de poudre sur l'ours, reprit le Baron, et je revenais à travers la sombre forêt de pins, me demandant ce que je pourrais bien faire si quelque nouvel ennemi me barrait le chemin.

» Comme j'arrivais à la lisière de la forêt, un loup énorme bondit d'un fourré et se jeta sur moi, la gueule ouverte. Naturellement je lui plongeai mon bras dans la gueule. Quand mon bras fut enfoncé jusqu'à l'épaule, ma figure était si rapprochée de celle du loup, que je sentais son haleine chaude et fétide. Il me regardait avec des yeux pleins de rage et injectés de sang. Je vous avouerai, messieurs, que je trouvai le tête-à-tête extrêmement désagréable. Je me souvins alors d'un procédé usité en pareil cas, et dont j'avais entendu parler quelquefois. Vous allongez la main jusqu'à ce qu'elle ressorte de l'autre côté du loup; vous saisissez vivement la queue de l'animal et vous tirez de toutes vos forces; en une minute et dix-sept secondes, montre en main, votre loup se trouve retourné comme un gant : ce n'est pas plus difficile que cela! Jahn, ces messieurs n'ont plus de tabac. »

VI

« Mais, objecta l'Infatigable Curieux, est-ce que l'on ne risque pas d'être cruellement mordu par le loup, en usant de cette méthode, qui me paraît d'ailleurs excellente?

— De simples égratignures, répondit complaisamment le Baron, quelques gouttelettes de sang, et c'est tout! Vous comprenez seulement que ce procédé serait des plus dangereux, si l'on avait affaire à un animal enragé. Ainsi, par exemple, un beau jour, au coin d'une rue, à Saint-Pétersbourg, je me suis trouvé nez à museau avec un chien enragé. Comme j'étais sans armes, j'eus recours à un procédé vieux comme le monde : je pris la fuite, jetant derrière moi mon manteau de fourrure, pour amuser le chien pendant que je gagnais le large.

» Plus tard mon domestique alla chercher le manteau et le serra soigneusement avec mes autres vêtements. Un matin le pauvre diable entra chez moi tout effaré : Monsieur le Baron, me dit-il en tremblant de tous ses membres, votre manteau de fourrure est enragé.

» Comme, après tout, la chose était possible, je me gardai bien de dire à mon domestique qu'il était ivre ou qu'il avait rêvé, et je voulus me rendre compte de la chose. Il y avait un grand bruit dans la garde-robe. Mon manteau de fourrure se ruait avec fureur sur tous mes autres vêtements, et il avait déjà mordu mon bel habit de cour et plusieurs gilets ?

» Je pris tout de suite mon parti, et j'abattis d'un coup de fusil le manteau enragé, que l'on eut soin d'enfouir à six pieds sous terre. Les habits mordus par lui furent mis en traitement chez un de ces tailleurs-vétérinaires (que l'on nomme dans la langue du pays *népravda*); tous guérirent, excepté un gilet de satin brodé, qui expira à la fleur de l'âge, dans d'épouvantables convulsions. »

En réponse à une question du docteur Kornelissohn, le Baron lui expliqua que la rage des étoffes, *rabies vestimentalis*, exerce ses ravages dans tous les pays, à peu près, où sévit la *plique polonaise*.

Depuis quelque temps, sir Lewis Caruthers bâillait poliment derrière sa main. En sa qualité de centaure et de commodore, sir Lewis aimait les chevaux et la mer. Quoiqu'il rendît justice à la véracité du Baron et qu'il prît un intérêt véritable à ses aventures extraordinaires, il s'impatientait de ne plus entendre parler ni de chevaux ni d'expéditions nautiques. Voilà pourquoi il bâillait longuement et silencieusement.

« Monsieur le Baron, dit-il enfin, il n'est bruit dans toute l'Angleterre que de vos
exploits maritimes. Ne seriez-vous pas disposé à nous en raconter quelques-uns?

— Nous y viendrons, répondit obligeamment le Baron; je n'ai garde de les oublier.
Mais, comme disait feu mon père (que Dieu ait son âme!), chaque chose vient en son
temps. Laissez-moi seulement terminer cette première soirée par une petite aventure qui
vous intéressera, ou je m'abuse beaucoup. Un jour donc, j'avais fait un tel massacre de
gibier, qu'il ne me restait plus un grain de poudre. Comme je m'en allais en penchant
la tête et en méditant sur toutes sortes de sujets, j'entendis quelque bruit, et je levai les
yeux. À cinq ou six pas de moi, un ours énorme se tenait debout, les pattes de devant
étendues pour me serrer dans ses bras, la gueule ouverte pour me donner le baiser de
paix. Je recule d'un pas, d'un seul, pour me donner le temps de la réflexion. Je fouille
dans ma gibecière, et je n'y trouve pour toutes munitions que deux pierres à fusil. Attrape!
dis-je à l'ours, et je lui lance une de mes pierres dans la gueule. Il l'avale de confiance
et ne tarde pas à s'en repentir. Je suppose que les pointes du silex lui déchiraient les
parois de l'estomac.

» Voilà un ours au désespoir; il prend sa tête à deux mains et la secoue de toutes ses
forces; puis il porte ses deux pattes à son estomac; il se tord, il se courbe en deux, en me
tournant le dos. Je saisis le bon moment, et je lui lance ma seconde pierre sous la queue
avec tant de roideur, qu'elle pénètre profondément dans le corps de mon ennemi. Au moment où les deux cailloux, l'un descendant, l'autre remontant, se rencontrèrent dans le corps
de Bruin, je suppose qu'une étincelle jaillit du choc. L'ours éclata en dix mille morceaux
comme une bombe. L'inconvénient de cette méthode, poursuivit le Baron avec une certaine mélancolie, c'est que la peau de l'ours est complétement perdue, et que sa chair est
réduite en marmelade, au point qu'on ne distingue plus un beefsteak d'une entre-côte.
Aussi je n'en ai jamais fait usage depuis, qu'en cas d'absolue nécessité.

» Un dernier verre de grog, messieurs, avant de nous séparer pour aujourd'hui. Il est
tard, et je me fais vieux.

— *Suadentque cadentia sidera somnos*, dit le *Quid nunc?* qui était pédant à ses
heures.

— Oui, oui, reprit le Baron, qui avait su autrefois quelques bribes de latin, je me
souviens d'avoir lu cela dans Horace. »

Les trois délégués, trop polis pour démentir leur hôte et pour lui faire observer qu'il
attribuait à Horace une expression de Virgile, lui serrèrent la main et retournèrent à
leur hôtellerie, précédés de Jahn qui portait un falot.

Si le Baron n'offrait pas à ses hôtes distingués l'abri de son toit, c'est que le château de Münchhausen n'était qu'une bicoque croulante; et s'il ne les invitait pas à sa table,
c'est parce que la fortune ne l'avait pas traité selon ses mérites : le grand homme était
pauvre comme un rat d'église. De plus, la vie agitée qu'il avait menée si longtemps avait
altéré sa robuste constitution; il vivait de régime, et mangeait ou plutôt faisait semblant

de manger, à ses heures. Il se nourrissait surtout de fumée de tabac, de grog au rhum et de gloire.

VII

« Par ma pipe et par mon verre! dit-il le lendemain, nous n'allons point faire comme les rêvasseurs qui passent du coq à l'âne. Commodore, ajouta-t-il avec un sourire malicieux, nous allons passer de l'ours à l'ours. »

La figure de sir Lewis s'allonge démesurément.

« Oui, nous allons passer de l'ours brun à l'ours blanc! »

La figure de sir Lewis reprend aussitôt ses dimensions naturelles, l'ours blanc, comme chacun le sait, étant un ours maritime.

« A l'époque où le capitaine Philipp (depuis lord Mulgrave) fit son expédition au pôle Nord, il m'invita à l'accompagner. Comme il était survenu une espèce d'arrangement entre le Russe et le Turc, et que l'on n'avait pas encore besoin de mes services de ce côté, j'acceptai avec empressement. Nous approchions du pôle, lorsque je vis sur une montagne de glace deux ours blancs qui avaient l'air de se battre. Attendez-moi un peu, leur dis-je, et je vais accommoder votre différend. Je descends dans la chaloupe et j'aborde à la montagne de glace. Après mille difficultés j'arrive près des deux ours blancs. Les drôles faisaient semblant de se battre, mais c'était pour rire. Je ne serai pas venu pour rien, me dis-je, en calculant en moi-même la valeur de leurs peaux, car ils étaient aussi gros que des bœufs gras. Au moment où j'épaule pour viser, mon pied glisse, et je tombe avec tant de violence que je perds connaissance. Quand je reviens à moi, je me trouve dans une situation terriblement critique. L'un des deux ours, après m'avoir retourné, m'empoignait déjà par la ceinture de mon pantalon de cuir pour m'emporter Dieu sait où. Je saisis mon couteau, et je lui coupe trois doigts de la patte de derrière. Il me laisse retomber et se sauve en poussant des hurlements affreux. Je fais feu, et il tombe sur le coup.

» La détonation avait réveillé ses camarades qui faisaient la sieste par milliers. Ces animaux sont très-curieux, et comme ils ont peu de distractions, ils accourent toujours au moindre bruit pour savoir ce qu'il y a de nouveau.

» Sans perdre un quart de seconde, j'écorche mon ours et je m'introduis dans sa peau. Ses camarades arrivent, flairent le camarade écorché, et semblent prendre philosophiquement leur parti de sa funeste aventure. Ils me flairent à mon tour, et je les laisse faire sans broncher. J'observe leurs gestes, et aussitôt je les imite dans la perfection. Ils y sont pris et s'en retournent tranquillement en se disant entre eux, du moins je le suppose : Voilà un camarade qui sort de maladie, car il est tout maigre et sa peau fait des plis. C'est son affaire.

» Je songe aussitôt à tirer parti de la situation. Il me revient à l'esprit un mot que j'ai entendu autrefois de la bouche d'un vieux chirurgien militaire : Un coup à l'épine dorsale est toujours mortel.

» Je tire mon couteau, je m'approche de l'ours le plus voisin, et je lui entaille l'épine dorsale. Il tombe les quatre fers en l'air, sans avoir seulement le temps de dire : Jack! Robinson!

» Ces ours blancs sont véritablement d'une odieuse indifférence pour les malheurs de leurs semblables. Croiriez-vous qu'ils se dérangeaient à peine quand un des leurs tombait à leurs côtés; ils avaient l'air de dire : Le camarade est frappé d'apoplexie; c'est son affaire, je ne suis pas chirurgien.

» Ils y passèrent tous; le nombre des morts s'éleva à onze cent soixante-quatre, sans compter les vieillards et les enfants à la mamelle.

» Il me fallut mettre en réquisition les trois quarts de l'équipage rien que pour écorcher les ours et saler les jambons.

» Au retour de mon voyage dans les régions polaires, où je m'étais très-fort enrhumé, les médecins me conseillèrent de séjourner quelque temps en Touraine. Connaissez-vous la Touraine, messieurs? C'est un bien joli pays; si l'on y rencontrait seulement quelques ours dans les forêts, ce serait le pays sans pareil. Mais quand on n'a pas ce que l'on aime, il faut aimer ce que l'on a, et faute d'ours, nous chassions la perdrix, la caille, l'outarde, le coq de bruyère, le chevreuil et le cerf.

» Un jour que j'avais chassé à outrance et rempli de mes victimes à plume et à poil deux tombereaux de paysan, je revenais en traînant un peu la jambe, lorsque j'aperçus un cerf magnifique qui venait tranquillement à ma rencontre. Le drôle avait l'air de se douter qu'il ne me restait plus un seul grain de plomb.

» Je jette les yeux autour de moi, et j'aperçois un grand cerisier, tout couvert de cerises mûres. Voilà mon affaire! me dis-je aussitôt. Je cueille une poignée de cerises, je les mange pour apaiser ma soif, et je charge mon fusil avec les noyaux. Je vise le cerf au milieu du front, entre les deux cornes; il chancelle et tombe sur les genoux.

— Vous l'achevez avec votre couteau de chasse, dit le docteur Kornelissohn, entraîné par la rapidité et par la chaleur du récit.

— Il se relève, dit le Baron, et disparaît dans un taillis, me laissant tout stupéfait.

— Cette fois, dit Mynherr van Gossipius, la fortune vous trahit; mais César lui-même n'a pas eu toujours à se louer d'elle.

— Attendez la fin, reprit le Baron avec un sourire singulièrement malicieux. On m'appela en Espagne pour régler quelques différends entre les princes d'une même

famille. Je soufflai sur ces différends, permettez-moi cette métaphore hardie, et ils fondirent sous mon souffle comme la neige sous les rayons du soleil. Je passai une année en Espagne, où la cuisine est détestable, mais où l'on trouvait encore à cette époque mainte occasion de s'illustrer en se rompant ou en se faisant rompre les os.

» Je fus obligé de m'enfuir au bout d'un an, à cause de quelque jalousie que mon mérite avait excitée à la cour, et je revins en Touraine. Comme nous chassions, mes amis et moi, dans la forêt de Loches, mon ardeur m'entraîna loin de mes compagnons, et je me trouvai seul à l'entrée d'une belle clairière. Au milieu de la clairière il y avait une fontaine, et au bord de la fontaine un grand cerf qui se désaltérait. Le cerf avait entre les cornes un magnifique cerisier de dix pieds de haut, pour le moins.

« Parbleu, me dis-je, c'est mon cerf de l'autre année, un de mes noyaux de cerises a pris racine dans sa tête, et c'est de là que provient le cerisier. Il est juste que celui qui a semé récolte, ce cerf est à moi. Pan! voilà le cerf à bas. Le cerisier était chargé de cerises mûres, les meilleures que j'aie mangées de ma vie. Vous voyez, docteur Kornelissohn, que cette fois-là du moins la fortune ne m'a pas trahi. J'ai tiré deux coups de fusil sur le cerf, et j'ai eu pour ma peine le rôti et le dessert. »

Le docteur Kornelissohn approuva de la tête et se mit aussitôt à prendre des notes; le *Quid nunc?* regardait le nez du Baron d'un air rêveur.

« Jahn! dit le Baron, que ce regard profond importunait sans qu'il sût pourquoi, donnez d'autre tabac, celui-ci n'est pas sec; j'entends crier et siffler la pipe de sir Lewis Caruthers.

— S'il vous plaît, monsieur le Baron, dit sir Lewis en rougissant, le tabac est parfaitement sec. C'est ma faute si ma pipe siffle et crie. J'ai la mauvaise habitude d'aspirer trop fort quand je suis ému ou fortement préoccupé.

— Pourrait-on savoir, dit gracieusement le Baron, quel est le sujet qui vous préoccupe?

— J'ai remarqué, dit sir Lewis, que vous chassez toujours sans chien. J'ai ouï dire cependant à un sportsman très-distingué qu'il est plus facile de chasser sans gibier que sans chien. Les gentlemen qui endossent l'habit rouge pour chasser le renard, c'est-à-dire pour franchir des barrières, des fossés et des torrents afin de se rompre le cou, courent après les chiens plus souvent qu'après le renard; et il leur arrive d'avoir galopé toute la journée sans voir le gibier, excepté au moment où on lui coupe la queue en grande cérémonie.

— N'est-ce que cela? dit l'excellent Baron avec courtoisie; il me sera bien facile de vous satisfaire. Je lis parfois les *Commentaires de César* dans une vieille traduction, quand mes rhumatismes me forcent à demeurer au coin du feu. César avait des lieutenants dans toutes ses expéditions; néanmoins il ne les nomme que quand ils ont accompli quelque exploit remarquable; dans tous les autres cas, il dit simplement : César fit ceci, César fit cela. J'imite César. Jusqu'ici je n'ai point parlé de mes chiens, parce que mes chiens n'ont encore joué aucun rôle dans mes expéditions.

— Je comprends, dit sir Lewis, et la preuve qu'il avait recouvré sa tranquillité d'esprit, c'est que sa pipe se mit à lancer de véritables nuages de fumée, sans pousser le moindre cri et le moindre sifflement.

— Je lis dans votre pensée, dit le Baron, et je suis sûr que vous ne seriez pas fâché d'entendre les prouesses accomplies plus tard par quelques-uns de mes lieutenants. Il me sera facile et agréable de vous satisfaire.

» J'ai eu, par exemple, une levrette sans pareille ; elle prenait les lièvres à la course, en leur donnant une avance de deux milles. Elle vieillit à mon service, et à la fin de sa vie il se trouva qu'elle s'était usé les pattes jusqu'à la moitié. Je lui offris de prendre sa retraite. Croiriez-vous que même alors elle s'obstina à me servir quand même, et que j'en fis, sur sa demande, un excellent terrier.

— Eut-elle des petits après son changement d'état ? demanda le docteur Kornelissohn avec l'expression de la plus vive curiosité.

— Ma foi non, répondit le Baron.

— C'est un grand malheur, dit le savant avec un soupir.

— Pourquoi donc ? demanda le Baron surpris.

— Il eût été intéressant pour la science de savoir si les petits auraient été lévriers ou terriers !

— Cette admirable bête, reprit le Baron, ne fut mise en défaut qu'une fois dans sa vie. Pendant deux jours nous avions poursuivi un lièvre sans pouvoir l'attraper. Je ne crois pas à la magie, j'ai vu dans mon temps trop de choses merveilleuses pour cela ; mais j'avoue que ce lièvre me donnait fort à réfléchir ; à la fin il se trouva à portée de mon fusil, et je le tuai. Savez-vous bien, messieurs, que ce lièvre avait huit pattes, quatre sous le ventre et quatre sur le dos ; quand mon gaillard était fatigué, il se retournait brusquement et repartait de plus belle.

— Monsieur le Baron, dit le docteur Kornelissohn avec enthousiasme, votre témoignage justifie ce pauvre Pline de bien des accusations injustes et mal fondées. On a été jusqu'à le traiter de menteur pour avoir cité des faits merveilleux sans doute, mais qui ne sont pas sans analogie avec l'exemple dont la science vous sera désormais redevable. Permettez-moi donc, monsieur le Baron, de vous remercier au nom de Pline d'abord et de la science moderne ensuite.

— Vous êtes bien honnête, répondit le Baron ; j'espère que la science trouvera encore à glaner dans les faits authentiques que je vous citerai chemin faisant. »

VIII

Fidèle à la consigne. — Un chien nourri pendant quinze jours du seul sentiment du devoir. — Sollicitude de sir Lewis pour les chevaux et pour les chiens. — Diamant, *for ever!* — Le danger de boire à la santé de quelqu'un « avec tous les honneurs ».

« J'avais aussi un chien d'arrêt qui était un modèle d'intelligence et de zèle. J'en ai refusé des sommes si considérables que vous ne voudriez pas me croire si je vous en disais le chiffre. La nuit, je lui mettais une lanterne à la queue, et il arrêtait aussi bien que le jour. C'était le plus obéissant des animaux, et il avait le sentiment du devoir au même degré que le soldat le plus héroïque. Écoutez plutôt.

« J'avais épousé une jeune dame d'une rare beauté (que Dieu ait son âme!). Mme la Baronne, soit pour me complaire, soit qu'elle eût réellement du goût pour la chasse, me fit l'honneur, un jour, de venir tirer des perdrix avec moi. Je partis devant pour battre la campagne, afin qu'elle eût le plaisir de la chasse sans en avoir la fatigue. Tout à coup mon chien tombe en arrêt devant des centaines de compagnies de perdrix. Voilà notre affaire, me dis-je, et je reviens sur mes pas pour prévenir Mme la Baronne. Je vais, je viens, je cherche, je ne vois plus ni Mme la Baronne ni le domestique qui l'escortait. Tout à coup, il me semble que j'entends des gémissements. Je reconnais la voix de Mme la Baronne et celle du domestique. Où peuvent-ils être? J'ai idée de coller mon oreille contre la terre, les gémissements m'arrivent plus distinctement. Grand Dieu! ils sont tombés dans cette mine de charbon abandonnée, là, sous mes pieds.

« Je cours au village, j'ameute les habitants par mes cris, je somme les mineurs de me suivre. Après des heures d'un pénible travail, nous parvînmes à retirer de la mine abandonnée, d'abord le domestique, puis Mme la Baronne. Tous les deux étaient un peu émus d'une chute de 90 pieds, mais ils n'étaient point blessés, grâce à Dieu! Sir Lewis Caruthers, esquire, j'entends crier votre pipe; est-ce que...?

— Et les chevaux? demanda le centaure d'une voix haletante.

— Sauvés aussi, sans une égratignure.

— *All right!* dit le centaure, et sa pipe redevint subitement silencieuse.

— *All right* dans un sens, reprit le Baron; mais pas *all right* dans l'autre. Quand Mme la Baronne apprit par le bavardage des mineurs qu'elle avait fait une chute de 90 pieds, elle fut prise d'une terreur rétrospective et tomba en pâmoison. Il fallut la transporter au château, et nous renonçâmes pour ce jour-là à tirer des perdrix. Le soir même, je fus contraint, par une lettre pressante que je reçus, de quitter Mme la Baronne, et je restai absent plus de quinze jours.

— Et le chien? demanda sir Lewis Caruthers, esquire.

3

— Ah! ah! dit le Baron, vous êtes un vrai Breton, sir Lewis, vous ne perdez jamais de vue votre idée : vous pensez au chien qui était resté en arrêt; eh bien! je vous avoue que moi, ce jour-là, je l'avais complétement oublié. A mon retour je demande où est le chien. Personne ne l'avait vu, et puisqu'il faut tout dire, personne n'y avait pensé, ou du moins on croyait que je l'avais emmené avec moi.

« Tout à coup je me frappe le front. Je parie, me dis-je à moi-même, qu'il tient encore l'arrêt. Je retourne à l'endroit où je l'avais laissé; il tenait encore l'arrêt, au bout de quinze jours.

— Le sentiment du devoir! s'écria le philosophe émerveillé. Et que l'on vienne après cela me soutenir que les bêtes n'ont pas d'âme.

— Influence du moral sur le physique, » marmota le docteur Kornelissohn, et il écrivit sur ses tablettes, en prononçant les mots à mesure qu'il les écrivait : Chien nourri pendant quinze jours du seul sentiment du devoir.

— Maigre, hé? demanda sir Lewis, les sourcils froncés et les joues rouges d'émotion.

— Que voulez-vous dire? demanda le Baron surpris.

— Je veux dire que le chien devait être terriblement maigre après une si longue abstinence!

— Maigre comme un clou, répondit le Baron.

— Et froid, hé?

— Froid comme un marbre.

— Pas mort, j'espère?

— Mort! lui! vous ne le connaissez guère. J'approche tout doucement, il ne bronche pas. Je crie : Pille! il force l'arrêt; d'un seul coup je tue trente-sept perdrix, sans compter celles que je blesse et qui vont mourir dans tous les coins.

— Soigné comme un lord, je suppose?

— Si bien soigné que nous avons encore chassé ensemble pendant dix-sept ans et trois mois.

— Son nom?

— Diamant.

— Diamant for ever! ». Là-dessus sir Lewis se leva et porta un toast à Diamant, avec tous les honneurs. On but à Diamant, avec tous les honneurs, à la mode anglaise, ce qui veut dire que l'on dépassa peut-être un peu les bornes de la modération.

Le Baron regardait fixement la chandelle sans la voir, et inclinait par moments la tête comme pour la saluer. Le docteur Kornelissohn, renversé dans son fauteuil examinait le plafond, les yeux fermés; sir Lewis fumait sa pipe éteinte, plongé lui-même dans un état comateux, c'est-à-dire dans une somnolence invincible. Mynherr van Gossipius adressait à ce singulier auditoire un discours bizarre sur la *Morale* d'Aristote. Voyant cela, Jahn, sans attendre les ordres de son maître, alluma le falot et reconduisit ces messieurs à leur hôtellerie.

IX

Le lendemain soir, le Baron dit à ses hôtes avec un grand sérieux : « Par ma pipe ! messieurs les savants, vous devez savoir que nature se plaît en diversité. C'est pourquoi vous ayant entretenus hier des divertissements de la paix, je vous demande la permission de vous parler aujourd'hui des choses de la guerre. Également par amour de la diversité, ajouta-t-il en jetant sur ses hôtes des regards pleins de malice, je mets aux voix une autre proposition : vous ayant offert ces jours passés des grogs au rhum, j'ai l'intention de vous faire goûter ce soir à notre excellente bière de Münchhausen. »

Cette seconde proposition contenait une allusion si transparente aux libations de la veille et aux effets du grog sur les membres de la réunion que les membres de la réunion se regardèrent en dessous, un peu confus.

« Vous n'avez pas à rougir de ce qui s'est passé, reprit le Baron avec bonhomie, nous avons tous péché ; mais nous avons péché en bonne compagnie, j'ose le dire, et nous serons tous discrets. »

Ces messieurs se regardèrent en riant, et toute trace de confusion disparut aussitôt de leurs doctes visages.

« De la bonne bière est bonne ! » dit sentencieusement le docteur Kornelissohn. Le reste de l'assistance opina gravement du bonnet.

Les deux motions ayant donc été votées à l'unanimité, Jahn apporta d'énormes brocs d'une petite bière légère et rafraîchissante, et le Baron reprit son récit.

« On m'avait mandé de Saint-Pétersbourg que décidément la guerre était imminente et que l'on comptait absolument sur moi. Je me mis donc en route, et chemin faisant je passai un ou deux jours au château du comte Przobosski, seigneur lithuanien qui était fort de mes amis. A l'heure du thé, je restai dans le salon avec les dames pendant que les messieurs allaient dans la cour examiner un jeune cheval que le comte venait d'acheter. Nous entendons tout à coup des cris de détresse.

» Je descends précipitamment les marches du perron, et je vois un cheval si têtu et si ombrageux que personne n'ose le monter ; une jolie bête, du reste. Tous ces messieurs étaient pâles et se mordaient les lèvres ; d'un bond, je saute sur le dos du cheval, au moment où il s'y attend le moins, au bout de deux minutes, grâce à certains secrets que je connais, grâce surtout à l'énergie de ma volonté et à la vigueur de mon poignet, je prouve à ce jeune étalon lithuanien qu'il a trouvé son maître, et je le rends souple comme un palefroi de damoiselle.

» Pour le montrer aux dames et pour leur épargner la peine de se déranger, je le fais sauter par une des fenêtres, je lui fais faire le tour du salon, au pas d'abord, puis au trot, puis au galop. Ensuite je lui signifiai qu'il devait monter sur la table, il y monta; qu'il devait exécuter toutes sortes de voltes et de gentillesses, il les exécuta, sans rien déranger, sans briser une tasse ou une soucoupe, sans répandre une goutte du thé déjà servi. Les dames se récrièrent d'admiration, et le comte, généreux comme un Lithuanien, me pressa d'accepter le cheval. Un cavalier comme moi, disait-il, avec un pareil cheval ne pouvait manquer de se distinguer dans la campagne contre les Turcs.

» Intérieurement, je ne pouvais m'empêcher de me comparer à Alexandre partant pour la conquête de l'Asie sur le dos de Bucéphale. »

En évoquant ce lointain souvenir de sa jeunesse, le Baron perclus de rhumatismes, redressa fièrement sa tête et effila les pointes de ses moustaches qui étaient encore longues et bien fournies quoiqu'elles ne fussent pas restées noires. Il se revoyait, leste et pimpant, dans son coquet uniforme de hussard rouge, le sabre au côté, la poitrine couverte de brandebourgs d'or, la sabretache aux talons.

« What next? (La suite?) dit le centaure, qui ne comprenait rien à cette rêverie sentimentale.

— A vrai dire, reprit le Baron en laissant échapper un soupir de regret, je ne sais pas décidément ce que nous allions faire chez les Turcs.

—Un Anglais l'aurait su, grâce aux débats du Parlement, dit sentencieusement sir Lewis; mais dans les pays qui sont soumis à un gouvernement absolu et despotique... enfin! pardonnez-moi, monsieur le Baron, de vous avoir interrompu; du reste, cette bière est excellente.

— Nous allions peut-être, dit le Baron en souriant, faire revivre la gloire des armes russes, qui avait reçu une légère atteinte dans la dernière campagne du czar Pierre sur le Pruth. Quoi qu'il en soit, nous autres soldats, nous allions là-bas pour nous battre, et je puis dire sans fausse modestie que nous nous sommes galamment battus. On m'avait mis à la tête d'un régiment de hussards rouges, avec des pouvoirs discrétionnaires. Messieurs, mes hommes et moi nous avons fait notre devoir.

» Un jour que nous avions battu les Turcs, ils furent forcés de chercher un refuge dans une de leurs places fortes, Oczakow, je crois. Mon cheval lithuanien m'emporta si vite à leur poursuite, que j'entrai dans la ville avec leurs fuyards. Je m'aperçus bientôt qu'ils étaient en proie à une panique folle et qu'ils ne faisaient que traverser la ville pour se sauver par la porte opposée. J'eus un moment l'idée de les poursuivre le sabre dans les reins; mais je me souvins à temps que j'étais colonel et non pas simple soldat; en conséquence, je me rendis sur la place de la ville, avec l'intention de faire sonner le rassemblement. Je vis avec stupéfaction que j'étais tout seul sur la place; je n'avais même pas un trompette sous la main. Où pouvaient être mes hussards?

» Attendons-les, me dis-je, et en les attendant faisons rafraîchir notre lithuanien qui ɔit mourir de soif. Je m'avançai alors vers une fontaine de pierre qui était au milieu de , place et mon cheval se mit à boire. Comme il buvait depuis une grande demi-heure, impatience me prit et je me retournai pour voir si mes hussards n'arrivaient pas à la fin, ʒ mes regards tombèrent sur mon cheval. Je m'expliquai alors pourquoi il ne parvenait pas étancher sa soif. Pauvre bête! il n'avait plus ni croupe, ni jambes de derrière, l'eau le raversait et coulait à terre à mesure qu'il buvait, sans le rafraîchir et sans lui faire aucun rofit. »

Ici, la pipe du centaure se mit à crier et à siffler d'une façon lamentable. Le centaure ɥi-même avait les yeux humides. Le docteur Kornelissohn notait ce second exemple de vivi-ection, à côté de celui où le cheval de traîneau avait couru la poste longtemps encore après ɥue le loup lui avait dévoré le train de derrière.

« Cet étrange phénomène, reprit le Baron, fut pour moi un mystère inexplicable jusqu'au ɲoment où je retournai à la porte de la ville et où je vis comment les choses avaient dû se ɔasser. Au moment où j'étais entré dans la ville à la poursuite des fuyards, les ennemis ɩvaient laissé tomber la herse, qui avait coupé mon cheval en deux.

» Je partis au galop à la recherche de l'autre moitié, et je la trouvai dans un pré, où elle ɼuait et gambadait au grand effroi des spectateurs.

» Nous avions au régiment un vétérinaire qui était passé maître dans son art. Il rapprocha ɭes deux moitiés de mon cheval pendant qu'elles étaient encore chaudes et les assujettit ɾensemble avec de petites branches de laurier.

— Vous dites des branches de laurier? demanda le naturaliste en gribouillant avec fré-nésie sur ses tablettes. Quelle espèce de laurier, s'il vous plaît, monsieur le Baron?

— Ma foi, dit le Baron, je ne me suis pas enquis du nom, tout ce que je sais, c'est qu'il s'agit d'un laurier qui pousse dans ce pays-là. »

Le savant successeur de Pline dut se contenter de ce renseignement, qui manquait peut-être un peu de précision.

« Si vous aviez vu travailler ce brave vétérinaire, vous auriez trouvé la chose toute naturelle, tant il faisait peu d'embarras. Mais ce qui me parut à moi tout à fait merveilleux, c'est que les branches de laurier prirent racine et formèrent bientôt un berceau autour de moi. Je puis bien dire, sans métaphore, que je fis le reste de la campagne à l'ombre de mes lauriers et de ceux de mon cheval.

» J'avais sabré les Turcs avec tant d'énergie, que pendant neuf jours pleins et la moitié du dixième mon bras droit, malgré moi, ne cessa d'exécuter le mouvement de pointer et de frapper. J'avais sans le vouloir renversé par de nombreux soufflets un des trompettes du régiment, trois soldats et un vivandier, lorsque je me résolus à appeler le médecin. Il déclara que le cas était nouveau pour lui, mais non pas inconnu, attendu qu'il en était fait mention dans ses livres. Il me demanda l'autorisation de me faire tenir par quatre de ses aides, je la lui octroyai. Après une lutte qui ne dura pas moins de cinq gros quarts d'heure, entre ces hommes et mon bras, ils finirent par triompher de sa résistance désespérée et l'assujettirent dans un appareil très-compliqué. Pendant sept jours je le portai en écharpe. Tout vaincu qu'il était, il résistait encore et se tordait comme un serpent : tous mes os craquaient avec un bruit qui s'entendait à plus de vingt pas.

— Monsieur le Baron, dit gravement le *Quid nunc?*, pareille chose est arrivée sous mes yeux à M. le bourgmestre de Rotterdam. Comme il causait avec des dames dans un grand kiosque chinois, au milieu de son parterre de tulipes, un petit chien qu'il avait reçu nouvellement d'un ami le venait continuellement interrompre en se jetant sur lui. Chaque fois il le repoussait du pied droit. Le lendemain, au moment où il y pensait le moins, en plein conseil municipal, sa jambe fut prise d'un mouvement automatique. Il se leva tout effrayé. Cette jambe indépendante croyant toujours avoir affaire au petit chien renversait les fauteuils, les chaises, les tables, les encriers. Finalement elle s'en prit à MM. les conseillers municipaux et les expulsa brutalement de la salle du conseil. Il y eut un scandale épouvantable, et sans l'intervention du savant docteur van den Kruys, qui expliqua les choses et triompha de cette jambe indépendante, le pauvre bourgmestre eût été bel et bien renfermé dans une maison de fous. C'eût été grand dommage, car M. le bourgmestre était un digne homme, qui aimait beaucoup les harengs frais et qui buvait ses douze pintes de bière à chaque repas.

— Jahn ! s'écria le Baron d'un ton de reproche, ne voyez-vous pas que ces brocs sont vides ? »

Pendant que Jahn allait remplir les brocs, le Baron donna une cordiale poignée de main au savant hollandais pour le remercier d'avoir donné plus d'autorité à son récit en citant un exemple authentique. Si sûr que l'on soit de ne dire que la vérité, le vrai est quelquefois si peu vraisemblable que l'on craint toujours, quand on a la conscience délicate, comme l'avait M. le Baron de Münchhausen, de n'être pas cru sur parole et de passer pour un conteur de fables.

« Monsieur le docteur Kornelissohn, reprit le Baron, notez, je vous prie, sur vos tablettes le cas de M. le bourgmestre de Rotterdam. Je suis sûr que si chacun était mis en demeure de dire ce qu'il sait, on trouverait soit dans le monde, soit dans les livres, des exemples authentiques de tous les faits réputés merveilleux ou invraisemblables. Si l'attention de l'univers a été appelée sur mon humble personne, c'est que le hasard et peut-être aussi mon humeur inquiète et aventureuse m'ont rendu le témoin ou le héros d'un plus grand nombre de faits extraordinaires. Voilà tout, messieurs, voilà tout, ajouta-t-il en approchant de ses lèvres son grand verre que Jahn avait rempli, jusqu'au bord, d'une bière mousseuse et pétillante.

X

« Nous assiégions une ville dont j'ai oublié le nom. L'armée faisait peu de progrès, parce que la terre était dure et que l'on avait beaucoup de peine à creuser les tranchées. A la fin, le siège fut converti en blocus. Le feld-maréchal comte Munich tenait beaucoup à savoir où en étaient les assiégés et s'ils avaient des vivres et des munitions pour longtemps encore. Par malheur, ces enragés se gardaient si bien qu'il eût été impossible à un chat de pénétrer chez eux. Comme les hussards n'avaient point de part aux travaux d'investissement, je m'ennuyais beaucoup et je passais ma vie à errer d'une batterie à une autre.

» Tout à coup, en voyant tirer le canon, je me souvins de l'aventure qui m'était arrivée pour m'être endormi dans un des canons de Tower-Wharf, à Londres.

» Mon ami, me dis-je, il n'y a que toi qui puisses aller aux nouvelles.

» Malheureusement nos pièces de siège n'étaient pas d'un aussi fort calibre que les canons de Tower-Wharf, et j'essayai vainement de m'introduire dans l'intérieur.

Comme j'époussetais du bout des doigts mes passementeries d'or qui s'étaient noircies au contact du canon, il me vint, comme toujours, ce que j'oserai appeler l'inspiration du moment.

» Je saute à cheval sur un canon, juste au bord de la gueule, et je crie : « Feu ! » Au moment où le boulet prend son vol, je l'enfourche lestement, et me voilà parti dans les airs, sûr de pénétrer dans la ville, car nos artilleurs pointaient merveilleusement bien.

— Quelles sensations éprouviez-vous à cheval sur ce boulet ? demanda le philosophe.

— Quelque difficulté à respirer, répondit gravement le Baron, du moins dans les premiers moments, et puis un peu de malaise à cause de la chaleur du boulet ; ce sont là deux inconvénients auxquels il faudra parer quand on voudra faire communément usage de ce moyen de voyager rapidement ; et je ne doute pas qu'on n'y arrive un jour : ce qu'un homme a fait, un autre le peut faire. A part ces deux petits ennuis, j'étais aussi tranquille sur mon boulet que j'aurais pu l'être sur mon lithuanien. Je crois même, ou plutôt je suis sûr que la rapidité de la course donne à l'esprit une pénétration toute nouvelle. Je me souviens d'avoir pensé à cent choses différentes dans la centième partie d'une seconde. Il m'arriva même, avant que le boulet eût atteint le plus haut point de sa courbe, de résoudre d'un seul coup un problème que j'avais jusque-là trouvé insoluble. Vous le connaissez tous, messieurs, aussi bien que moi : Étant données la hauteur du grand mât et la longueur du navire, trouver l'âge du capitaine !

— Vous avez résolu ce problème? s'écria le commodore avec une grande exaltation.

— Je l'ai résolu.

— Et serait-il indiscret de vous demander la solution?

— Ma mémoire a beaucoup baissé depuis les dernières pluies », répondit le Baron avec une mélancolie qui excita soudainement la commisération de ses hôtes. Sir Lewis s'excusa d'avoir été indiscret; l'Allemand et le Hollandais, du milieu de leurs nuages de fumée, lui lancèrent des regards de réprobation.

« On ne peut pas être et avoir été, reprit le Baron avec un triste sourire. Il y a des choses que je me rappelle, et d'autres que je ne vois plus qu'à travers un brouillard. Cependant, ajouta-t-il en tendant à sir Lewis sa main longue et sèche, soyez persuadé, mon cher hôte, que si j'avais pu prévoir ce qui arrive, j'aurais fait sur le moment un effort pour garder cette solution dans la gibecière de ma mémoire, comme dit je ne sais plus qui. Pas d'excuses, je vous en prie, ou vous me désobligeriez.

— Quelle magnanimité! » s'écrièrent ensemble le docteur et le philosophe. Quant au commodore, il était si ému, que sa pipe se mit soudainement à crier et à siffler. Aussitôt qu'il s'en aperçut, il la retira de ses lèvres, pour ne point troubler le Baron que ce petit bruit agaçait.

« En y réfléchissant bien, reprit le Baron, je crois avoir trouvé la vraie cause qui m'a fait oublier la solution du problème : c'est une idée soudaine qui me vint au moment où mon boulet commençait à descendre vers la ville.

» Malheureux! me dis-je, voilà que tu te laisses emporter, comme toujours, par ton impétuosité. Tu oublies encore une fois que tu es un colonel et non pas un simple partisan; qu'un colonel se doit à ses hommes et n'a pas le droit de risquer imprudemment sa personne. Tu vas pénétrer dans la ville, c'est très-bien, mais comment en sortiras-tu? Ton brillant uniforme attirera l'attention; tu seras pris et pendu comme espion! Un colonel de hussards rouges pendu comme espion!

» Avisant alors un boulet lancé par ceux de la ville et qui allait passer près de moi, je sautai dessus et je me retrouvai bientôt parmi les nôtres, qui furent fort contents de me revoir. Il est vrai que je n'avais pas accompli mon dessein jusqu'au bout, ce qui peut être considéré comme un échec. Mais il est vrai aussi que je n'ai pas été pendu comme espion, ce qui aurait été un échec bien plus grave. »

Sir Lewis Caruthers ayant éternué avec violence, le Baron, je ne sais pourquoi, se mit en tête que cette manifestation bruyante était une sorte de protestation contre sa véracité : les plus grands hommes sont sujets quelquefois à d'étranges faiblesses.

Il devint rouge comme une framboise, et, à la grande surprise de ses hôtes, somma Jahn de déclarer qu'il n'avait pas menti d'un mot.

« Messeigneurs, dit Jahn en posant sa main droite sur son cœur, je jure sur mon salut éternel que j'ai entendu plus de cent fois M. le Baron raconter cette aventure extraordinaire, exactement dans les mêmes termes, ou peu s'en faut. »

Les trois savants ayant déclaré qu'ils avaient pleine confiance dans M. le Baron, et que le témoignage de Jahn n'y pouvait rien ajouter, M. le Baron croisa ses grands bras sur sa maigre poitrine, secoua la tête à trois reprises d'un air grave et dit :

« Quand il s'agit d'un fait que la malignité des envieux peut contester, deux témoignages valent mieux qu'un. Vous me croyez, vous, messieurs, parce que vous voyez de près ma bonne foi et ma sincérité. Mais les Sociétés savantes dont vous faites partie seront bien mieux disposées à me croire quand vous leur direz : Un témoin digne de foi a confirmé les récits de M. le Baron. Faites-moi l'amitié, messieurs, de noter soigneusement ce point sur vos tablettes. Vous le noterez, n'est-ce pas ?

— Tout de suite, répondirent les trois savants; et ils se mirent à griffonner en hollandais, en allemand et en anglais.

— Jahn, dit le Baron en se renversant sur le dossier de son fauteuil, remplissez les verres de ces messieurs. Maintenant, une fois pour toutes, affirmez-leur que dans tout ce que j'ai raconté je suis souvent resté au-dessous de la vérité, loin de l'avoir jamais outre-passée. »

Jahn mit de nouveau sa main droite sur son cœur et déclara solennellement, sur sa part du paradis, que ce que M. le Baron avait raconté les jours précédents et tout ce qu'il raconterait par la suite, il le lui avait déjà entendu narrer plus de cent fois dans les mêmes termes, ou peu s'en faut.

Quand ces messieurs eurent couché par écrit un témoignage aussi solennel et aussi authentique, Jahn alluma sa lanterne et reconduisit les nobles étrangers à leur hôtellerie.

XI

Un régiment qui engraisse. — Le chien à lunettes. — Un pari. — Six couples de perdrix vivantes dans l'estomac d'un requin.

Le lendemain, un vent d'est, froid et piquant, souffla toute la journée; les trois savants ne firent que frissonner en rédigeant leurs rapports, parce que toutes les cheminées de l'hôtellerie fumaient, et qu'ils avaient été obligés de laisser les fenêtres ouvertes. Ils étaient froids et raides comme des glaçons, quand ils entrèrent dans la salle où les attendait le Baron.

« Brrr! firent-ils tous les trois.

— Brrr ! répondit le Baron, qui fut transi de la tête aux pieds, à cause de la grande quantité d'air froid que ces messieurs avaient introduit avec eux dans la chambre.

« Par ma pipe! dit-il, je crois que j'ai eu raison de faire allumer du feu et de remplacer la bière par du grog. »

Les trois savants sourirent silencieusement, allumèrent leurs pipes, se réchauffèrent d'un bon verre de grog bouillant et déclarèrent que cela allait beaucoup mieux.

4

« A la guerre, dit le Baron, vous le savez comme moi, messieurs, l'on ne se bat pas tous les jours, et l'on a parfois des loisirs qui paraissent bien longs quand on n'a pas l'esprit de les savoir bien employer.

» Quant à moi, je chassais quelquefois du matin au soir, et je nourrissais mon régiment tout entier du produit de ma chasse. Mais je reconnus bientôt que j'avais tort de mettre mes hommes à un régime si succulent. Plusieurs de ces drôles dormaient à cheval et beaucoup ne pouvaient plus entrer dans leurs vestes. Un hussard n'est plus un hussard dès qu'il devient obèse, et l'on fut obligé de congédier plusieurs soldats devenus impropres au service. Aussi, désormais, je me contentai de chasser pour l'honneur et le plaisir. Le gibier que je n'abandonnais pas aux paysans, je l'envoyais à l'état-major; car s'il est de règle que les soldats soient maigres, il est de règle aussi que les officiers supérieurs prennent un majestueux embonpoint.

» Quand je ne chassais pas, je parcourais le pays dans tous les sens. Ayant reçu de la nature un esprit observateur, je ne séjourne jamais dans une province sans m'enquérir de quel bois on s'y chauffe, quel vin l'on y boit, quels chiens on y élève et quels chevaux on y monte.

» Tout le monde me connaissait à soixante lieues à la ronde, et tous, jusqu'aux petits enfants à la mamelle, disaient en me voyant passer : Voilà M. le Baron de Münchhausen! Ils disaient cela dans la langue du pays, bien entendu.

» Un jour, un paysan à qui j'avais fait cadeau d'une gazelle, prise à la course, me montra une portée de petits chiens. Il y en avait cinq en tout. Les quatre premiers étaient grands et forts, le cinquième avait l'air d'un rat myope et mélancolique.

» J'examinai les petits chiens avec attention. »

« Nous noierons celui-là, » me dit le paysan en me montrant le rat mélancolique.

» Je souris dans mes moustaches de l'ignorance de cet homme. Par un phénomène étrange, pendant que les quatre aînés étaient des chiens courants, le cinquième était un chien couchant. A des signes qui ne m'ont jamais trompé, je reconnus que cet animal de si chétive apparence était destiné à devenir tout simplement une merveille.

» Il avait la vue faible, et il l'eut faible toute sa vie; mais en revanche, il avait l'odorat plus développé que je ne l'avais jamais vu chez aucun autre chien de ma connaissance.

» Je dis au paysan : Vous ferez bouillir telles et telles plantes dont vous le frotterez deux fois par jour, au lever et au coucher du soleil, vous m'entendez bien ; vous le frotterez par tout le corps, excepté à l'extrémité du museau. Quand il sera sevré, je viendrai le prendre.

» Quand mon chien fut en âge de battre la plaine, je lui fis faire une paire de lunettes, parce qu'il butait contre tous les obstacles et risquait à chaque pas de se rompre le cou.

» Je ne veux pas vous fatiguer du récit de ses exploits. Je me contenterai de vous en raconter un entre mille.

» Assez longtemps après la guerre, je partis pour les Indes orientales, avec mon ami le capitaine Hamilton.

» Un jour que nous nous promenions sur le pont, Traï, c'était le nom de mon chien couchant, tomba en arrêt. Notez que nous étions à trois cents lieues de toute côte. En allant et venant, je l'observais toujours du coin de l'œil. Comme il était en arrêt depuis une heure, je dis au capitaine Hamilton, devant tous les officiers, qu'il y avait quelque part du gibier à notre portée, attendu que Traï était en arrêt ; j'ajoutai même que d'après certains mouvements de ses oreilles, j'affirmais qu'il était en arrêt sur des perdrix.

— Rouges ou grises ? me demanda Hamilton avec un sourire narquois.

— Je parle sérieusement, lui répondis-je d'un ton sec.

— Je vois bien, dit un des officiers, que M. le Baron est ce que l'on appelle un railleur à froid ; du reste il raille fort spirituellement.

— J'ai tout simplement confiance dans Traï, qui ne m'a jamais trompé. Vous voyez bien qu'il est en arrêt.

— Cela, dit Hamilton, nous n'en pouvons pas douter. Mais je parie qu'il est en arrêt sur quelque rat ou sur quelque morceau de lard.

— Je parie, lui répondis-je froidement, qu'il est en arrêt sur des perdrix, et que nous rencontrerons des perdrix avant une heure d'ici.

— Vous tenez absolument à votre idée, s'écria Hamilton avec impatience.

— J'y tiens absolument.

— Et vous parieriez sans regret.

— Sans regret, mais non pas sans scrupules ; car, je vais vous le dire devant tous ces messieurs, je me repens d'avoir proposé un pari, du moment que je suis absolument sûr de gagner. Ma conscience...

— Le Baron a peur, dit Hamilton, le Baron recule, et le Baron a, ma foi, bien raison. »

» Je fus piqué de sa raillerie, et je lui répondis : Le Baron n'a pas peur ; le Baron ne recule pas ; le Baron ne se ravise pas ; le Baron n'est pas fou, comme l'insinue si obligeamment une personne que j'entends d'ici parler à l'oreille d'une autre personne. Seulement le Baron se fait un cas de conscience de.....

— Parbleu ! s'écria Hamilton, voilà bien des affaires pour un chien à lunettes, qui me paraît myope du nez aussi bien que des yeux. Soyez donc puni de votre entêtement, mon cher ami ; espérons du moins que la leçon vous profitera pour une autre fois. Il convient qu'elle soit un peu dure. »

» Traï cependant ne bronchait pas. « Tenez-vous le pari, dis-je froidement au capitaine.

— Je le tiens, quel qu'il soit, répondit-il en haussant légèrement les épaules.

— Cent guinées.

— Cent guinées, soit ! »

» Au même instant, nous entendîmes des cris au-dessous de nous. Des matelots qui pêchaient dans la grande chaloupe venaient de harponner un énorme requin. La première chose qu'ils firent fut de lui ouvrir le ventre pour le dépecer ensuite et en extraire l'huile. Savez-vous, messieurs, ce que l'on trouva dans l'estomac de ce monstre? Six couples de perdrix vivantes ! »

— Des perdrix dans l'estomac d'un requin ! s'écria myn herr van Gossipius.

— Et vivantes ! balbutia le docteur Kornelissohn. »

Le commodore ne dit rien; mais il releva ses sourcils tellement haut qu'ils allèrent se confondre avec la lisière de sa chevelure rousse, et en même temps il faisait des yeux tout ronds, la bouche ouverte.

« Jahn, dit le Baron d'un ton brusque et sévère, atteste à ces messieurs.... »

Déjà Jahn posait sa main droite sur son cœur; déjà il ouvrait la bouche pour attester, sous la foi du serment, ce qu'il avait l'habitude d'attester en pareille occasion.

Le docteur Kornelissohn se leva d'un bond et lui mit la main sur la bouche : « Jahn, s'écria-t-il d'une voix tonnante, pas un mot, si vous tenez à la vie. »

Jahn tenait à la vie : la preuve, c'est qu'il ne dit pas un mot; mais comme le docteur ne lui avait pas défendu d'être stupéfait, il témoigna sa stupéfaction par des gestes bizarres et par une grande variété de grimaces. Alors le docteur se tournant vers le Baron lui dit d'une voix solennelle : « Comment M. le Baron hautement bien né a-t-il pu croire un instant que nous doutions de sa parole? C'est malgré nous, et, pour faire plaisir à M. le Baron, que nous avons accepté une fois pour toutes et officiellement enregistré le témoignage de Jahn. Ce n'est pas du doute que nous a causé la merveilleuse aventure du requin, c'est une surprise profonde.

— Légitime, reprit myn her van Gossipius.

— Flatteuse pour l'honorable orateur, ajouta sir Lewis, en s'inclinant profondément.

— J'aurais dû m'en douter, dit le Baron, dont la physionomie s'était soudainement éclaircie : oui, j'aurais dû m'en douter, car le capitaine Hamilton qui avait vu la chose de ses yeux pouvait à peine y croire. »

« Münchhausen, me dit-il, j'ai perdu mon pari; je vous dois cent guinées. J'en donnerais bien cent autres pour savoir où ce diable de requin a pu se procurer ces perdrix, comment il les a avalées sans les broyer, et cent autres pour être le propriétaire de Traï. »

« Voilà qui est parlé en véritable Anglais », s'écria sir Lewis avec enthousiasme.

Le Baron sourit avec indulgence et reprit : « Je dis alors au capitaine : Mon cher Hamilton, ni pour or ni pour argent je ne consentirais à me séparer de Traï; mais puisque vous lui rendez une si éclatante justice, prenez-le en souvenir de moi, et une autre fois ne soyez pas si prompt à juger bêtes et gens. » C'est toute la vengeance que je tirai de lui.

— Magnanimité héroïque, dit van Gossipius en approuvant de la tête.

— Libéralité princière, cria l'Allemand, qui venait, par un calcul mental, de convertir les guinées en thalers.

— Baron de Münchhausen, dit froidement sir Lewis en se levant comme un automate, permettez-moi de vous serrer la main. Monsieur, vous êtes digne d'être Anglais. Si quelqu'un connaît un plus bel éloge, qu'il se lève et qu'il le dise, ajouta-t-il d'un ton sec, en toisant les deux autres savants du haut de sa tête. Encore une poignée de main, monsieur.

Ayant ainsi parlé, sir Lewis se rassit avec une fermeté inflexible et regarda droit devant lui sans seulement cligner la paupière, affectant d'ignorer la présence et même l'existence de tout ce qui n'était pas anglais ou au moins digne de l'être.

« Monsieur le Baron, demanda mynherr van Gossipius, ne découvrit-on jamais comment un requin avait pu se procurer des perdrix et comment il avait pu les avaler sans les broyer ? »

XII

Un pari qui contient un compliment. — Comment sir Lewis Caruthers perdit son pari en fait et le gagna en droit. Le Baron découvre pourquoi l'estomac du requin recélait des perdrix vivantes. — Générosité du Baron.

« Un instant, dit sir Lewis qui sembla dégeler subitement, et qui étendit la main au-dessus de la table. Je parie cent guinées contre dix que M. le Baron a eu la clef de ce mystère.

— Qu'en savez-vous ? sir Lewis, demanda le Baron en prenant un air modeste.

— Rien du tout, répondit sir Lewis avec un grand flegme. Si je le savais pertinemment, je commettrais une action vile et indigne d'un gentleman, en pariant à coup sûr. Je parie sur des probabilités, comme tout gentleman qui se respecte doit le faire. Mais j'ai si bonne opinion de la subtilité et de la pénétration de M. le Baron, que je parie hardiment dix contre un.

— Vous parlez peu, mais vous parlez bien, dit le Baron en adressant à sir Lewis un aimable sourire, j'ai reçu beaucoup de compliments dans ma vie, mais aucun qui fût plus flatteur et plus délicat. »

Cependant sir Lewis regardait les deux autres savants d'un air provoquant.

Les Hollandais sont trop sages et les Allemands trop économes pour parier ; le docteur Kornelissohn trouva un biais ingénieux pour se tirer d'affaire.

« Parier contre vous, dit-il à sir Lewis, ne fût-ce qu'un grosschen contre cent guinées, ce serait faire injure à notre hôte, en ayant l'air de mettre en doute son admirable perspicacité. » Mynherr van Gossipius opina du bonnet, et trouva que les Allemands ne manquent pas d'esprit quand il s'agit de défendre leurs thalers.

Le Baron les regardait en souriant et sir Lewis en ricanant.

« On voit bien que vous n'êtes pas Anglais », leur dit-il en renvoyant sa tête en arrière.

Hé bien, puisque vous n'osez, par respect pour M. le Baron, prendre le pari par un bout, je vous le tends par l'autre. Je ne mets pas un seul moment en doute l'admirable sagacité dont M. le Baron a déjà donné tant de preuves; mais il se peut qu'il n'ait pas eu occasion de l'exercer. Je parie donc dix guinées contre cent que M. le Baron n'a pas trouvé la clef du mystère.

Cette fois l'Allemand fut, comme on dit, pris sans vert et il ne sut que rougir et balbutier. Comme l'Anglais le regardait avec une obstination insupportable, il déclara que l'Écriture défend les paris, sans dire toutefois en quel passage.

L'Anglais haussa imperceptiblement les épaules et se retourna tout d'une pièce du côté du Hollandais.

Ainsi mis en demeure, mynherr van Gossipius prit son parti en brave et sauta le fossé sans se faire prier davantage. Mais on voyait bien qu'il le sautait sans enthousiasme et seulement pour sauver l'honneur du pavillon hollandais. « Je tiens le pari! » dit-il avec un flegme parfait.

Alors les trois savants, d'un commun accord, se tournèrent du côté du Baron et le regardèrent avec curiosité.

« Par ma pipe! dit le Baron, qui semblait mal à son aise, j'ai eu tort de laisser aller les choses si loin. Voyons, Messieurs, pendant qu'il en est temps encore, renoncez à ce pari.

— Parole donnée! » dirent l'Anglais et le Hollandais en même temps, comme si un chef d'orchestre invisible pour les deux autres leur eût battu la mesure.

Cependant le docteur Kornelissohn se disait en lui-même. « Cet intrigant d'Anglais a séduit le Baron par ses adroites flatteries. Si le Baron a des regrets, c'est que l'Anglais a perdu. »

« Messieurs, dit-il tout haut, en repassant dans ma mémoire l'endroit de l'Écriture auquel j'ai fait allusion, j'ai vu qu'il ne condamnait pas absolument les paris. Si donc...

— Trop tard, répondit l'Anglais d'un ton sec.

— Mon cher sir Lewis, dit le Baron, j'ai le regret de vous dire que vous avez perdu, et j'en suis bien fâché.

— Et moi j'en suis bien aise. En fait je perds, mais en droit je gagne, puisque c'est mon opinion qui triomphe. Un gentleman parie par point d'honneur, et mon amour-propre est plus que satisfait. De plus, pour la misère de dix guinées, je saurai un secret pour lequel le capitaine Hamilton en offrait cent. *All right!* »

Tout en empochant méthodiquement les dix guinées de sir Lewis, le *Quid nunc?* trouvait que décidément cet Anglais se faisait trop valoir.

« C'est un intrigant! » lui dit tout bas à l'oreille l'Allemand désappointé. Le Hollandais, homme juste et même charitable envers le prochain quand son amour-propre de savant n'était pas en jeu, inclina doucement la tête, comme pour dire que c'était bien aussi son avis.

Les personnes qui ont une grande fortune, un grand nom ou une grande influence, doivent veiller avec le soin le plus scrupuleux sur leurs moindres gestes et sur leurs moindres paroles, sous peine de faire naître autour d'elles des haines, des rivalités et des jalousies terribles.

Faute de s'être bien pénétré de ce précepte de la sagesse mondaine, le Baron se montra partial envers l'Anglais, ce qui accrut la haine du docteur et la défiance du philosophe.

« Jahn, s'écria tout à coup le Baron, vous rêvez, je crois; ne voyez-vous pas que le verre de sir Lewis est vide? »

Le docteur aussitôt allongea sous la table un grand coup de genou au philosophe.

« Mon cher Lewis, dit le Baron (second coup de genou du docteur au philosophe), voici comment je pénétrai pas à pas dans le mystère qui avait piqué la curiosité du capitaine Hamilton et la mienne.

» Au port, à la couleur, à la voix, j'avais deviné que les perdrix étaient anglaises. Ce fut pour moi un trait de lumière. Quelques jours avant de prendre la mer, nous avions vu partir de Londres le *Pendjâb*, un vaisseau qui faisait voile pour les Indes orientales, chargé de marchandises et d'un certain nombre d'animaux d'Europe que l'on voulait acclimater dans l'Inde. A notre dernière escale, on nous avait parlé d'une violente tempête qui avait fait sombrer plus de vingt navires. Un vaisseau qui nous avait croisés, revenant des Indes, nous avait confirmé le fait, et nous avait montré une épave sur laquelle on lisait en grosses lettres le mot : *Pendjâb*. Donc le *Pendjâb* avait fait naufrage avec sa cargaison de marchandises et d'animaux d'Europe.

— Bien déduit, monsieur le Baron, bien déduit, dit sir Lewis, avec admiration.

— N'interrompez pas l'orateur, dit le docteur Kornelissohn d'un ton sec.

— Nous-mêmes, dit le Baron en souriant à sir Lewis, quelques jours plus tard, nous ramenâmes, accroché au fil de la sonde, un objet aplati et déformé que tout le monde prit pour une cage à poules. Je fis observer au capitaine Hamilton que cette cage était bien petite pour une cage à poules.

» Hamilton me dit en riant que c'était pour mettre des poules de la petite espèce et me conseilla de boire frais et de ne point me creuser la cervelle mal à propos. Le besoin d'observer m'est si naturel que j'emportai la cage dans ma cabine pour l'examiner à loisir. Elle était en sapin rouge; le dessus et le dessous portaient des empreintes nombreuses formant un demi-cercle, comme si on se fût amusé à y enfoncer des pointes très-fines et à les retirer ensuite.

» Traï qui ne me quittait jamais d'une semelle suivait mes observations avec un intérêt extraordinaire. Quand le dessus ou le dessous de la boîte était tourné de son côté, il s'enfuyait la queue entre les jambes, tout tremblant et hurlait la mort. Quand c'était le côté de la porte, il avait l'air de tomber en arrêt. Le matelot qui prenait soin de ma cabine jeta la cage à fond de cale et il n'en fut plus question.

» Il n'en fut plus question jusqu'au jour où l'on trouva les perdrix vivantes dans l'estomac du requin.

» Pendant que le capitaine Hamilton perdait son temps à faire des questions inutiles, j'envoyai le matelot chercher la cage.

« Capitaine Hamilton, dis-je à mon ami, êtes-vous de loisir et pouvez-vous écouter une petite histoire que je vais vous raconter. »

» Il fit un signe de tête et je continuai :

« Le *Pendjâb*, parti de Londres avant nous, a fait naufrage dans ces parages.

— Connu, me dit-il.

— Parmi les objets qui ont flotté, il y avait cette cage.

— Ah oui! la cage aux petites poules.

— Non, capitaine, la cage aux perdrix. Cette cage a tenté la voracité du requin que voici.

— Qu'en savez-vous?

— J'en suis sûr.

— C'est bientôt dit.

— Je le prouve.

— Hé bien, prouvez-le donc.

— Pour avoir les perdrix, le requin a cassé la boîte, comme une singe casse une noisette pour avoir l'amande. Les empreintes des dents se voient encore en dessus et en dessous.

— C'est ma foi vrai.

— Vous remarquerez qu'en lui plaçant la cage entre les mâchoires, nous tournons la porte du côté de son gosier.

— Münchhausen, vous m'émerveillez.

— Attendez. Regardez la porte; elle est à ressort. Sous la pression des mâchoires, la porte a joué, les perdrix effrayées se sont sauvées par la seule voie qui leur fût ouverte, c'est-à-dire dans le gosier du requin, lequel aboutit à son estomac. Maintenant, regardez les perdrix, et surtout écoutez-les : ce sont des perdrix anglaises.

— Je ne l'aurais pas remarqué tout seul, mais maintenant je n'en puis plus douter.

— Or le *Pendjâb* avait à bord des animaux d'Europe que l'on voulait acclimater dans l'Inde. Vous avez fait deux questions auxquelles je réponds ainsi qu'il suit :

» 1º Ce requin a des perdrix dans l'estomac parce que le *Pendjâb* les lui a apportées tout exprès d'Angleterre.

» 2º Ces perdrix n'ont pas été broyées, parce qu'elles se sont sauvées de la boîte
» avant qu'il eût achevé de la fracasser.

» *Quod erat demonstrandum!*

» Il suit de là que le capitaine Hamilton me doit cent guinées d'une part et cent de l'autre; total : deux cents guinées, que l'équipage boira à ma santé. »

XIII

Le Récit des deux cents guinées. — Pluie de cygnes noirs et de merles blancs. — A quoi sert le foie de la *Coccinella sylvestris*. — L'usage que l'on fait des plumes du merle blanc. — Les cygnes noirs fumés. — Utilité de la logique. — Le docteur Kornelissohn s'enrhume du cerveau.

« A la bonne heure ! s'écria sir Lewis, voilà qui sent son gentleman. »

Ayant levé son verre à la hauteur de ses yeux, il fit un signe de tête au Baron et vida son verre d'un seul trait.

Le Baron l'imita et vida lui aussi son verre sans y laisser une seule goutte, quoique le grog fût bouillant. Le pauvre Baron devint cramoisi et de grosses larmes s'échappèrent de ses yeux. Il n'y fit même pas attention, tant son vieux cœur était réjoui. Jamais, au grand jamais ! il n'avait trouvé un si chaud admirateur que le commodore.

« A jeunesse prodigue, vieillesse besoigneuse. » marmotta le docteur Kornelissohn entre ses dents, pendant qu'il parcourait d'un regard de mépris la vieille salle poudreuse et délabrée.

Il faut avouer que le Baron avait un peu oublié les devoirs de l'hospitalité en ne buvant qu'avec un de ses hôtes. Cette grossièreté (car il faut appeler les choses par leur nom) acheva de cimenter entre le docteur et le philosophe une alliance offensive et défensive contre sir Lewis, objet des préférences marquées du Baron.

A partir de ce soir-là, sir Lewis, sans s'en douter, fut l'objet d'une surveillance sévère de la part des deux alliés. Sans cela, qui sait si le Baron ne lui aurait pas raconté, seul à seul, quelque aventure extraordinaire dont l'Angleterre eût fait son profit, au détriment de l'Allemagne et de la Hollande !

Quand le Baron se fut remis de sa douce émotion et qu'il eut essuyé ses yeux, il s'aperçut que les verres du docteur et du philosophe étaient demeurés pleins. Il adjura ses hôtes de boire, mais il était trop tard, le mal était fait; ces messieurs s'en excusèrent d'un ton un peu piqué, disant qu'ils voulaient avoir la tête saine pour écouter les récits de M. le Baron, et le pas sûr pour regagner sans encombre leur hôtellerie.

Le Baron les salua d'une silencieuse inclination de tête et continua son récit.

« Le plus ancien matelot me vint complimenter au nom de tout l'équipage, et quand il eut terminé sa harangue, qui était fort belle et fort touchante, il leva son bonnet en l'air et l'agita avec vigueur.

» Aussitôt l'équipage se mit à pousser en mesure des cris si perçants que la boussole s'affola, le navire tressauta jusque dans ses dernières profondeurs et marcha quelque temps à reculons avec une grande vitesse : c'est que les matelots, au moment de crier, avaient tourné la tête vers l'arrière pour regarder un rat poursuivi sur le pont par un des chats du bord.

5

Comme ils baissaient un peu la tête pour voir courir le rat, leurs cris avaient frappé tous ensemble le bordage de l'arrière : c'est ce qui avait produit le mouvement de recul. Ce fut une circonstance bien heureuse pour nous, car nous allions donner sans nous en apercevoir contre un gros rocher sous-marin qui n'était marqué sur aucune carte. Nous eûmes soin de le signaler à l'attention des autres navigateurs. Il est connu des géographes sous le nom de *Récif des deux cents guinées.*

« Je le connais bien, dit le commodore, qui s'occupait volontiers de géographie les jours où le temps était froid et pluvieux : et sans hésiter il cita la longitude et la latitude du *Récif des deux cents guinées.*

— Parbleu, grommela le docteur Kornelissolm, je le connaîtrais bien aussi si j'avais du temps à perdre et si l'étude de la nature n'absorbait pas toute ma vie. »

Myn herr van Gossipius, qui était bon géographe, connaissait parfaitement le *Récif des deux cents guinées;* mais il garda obstinément le silence, ne se sentant pas disposé pour le moment à accroître l'orgueil du Baron.

Le Baron, dans l'innocence de son âme, continua en ces termes :

« Au second cri que poussèrent les matelots, une fort grosse nuée qui nous cachait le soleil se rompit d'un côté et s'écroula comme une cataracte sur le navire. Nous en fûmes bien rafraîchis, et nous recueillîmes cette eau avec empressement dans tous les vases et vaisseaux qui nous tombaient sous la main, car celle que nous avions embarquée commençait à baisser et à se corrompre.

» Quand cette eau eut été recueillie et mise en lieu sûr, nous remontâmes tous sur le pont afin de nous sécher. Le vieux matelot cria : « Ohé camarades! nous n'avons poussé que deux hurrahs en l'honneur du généreux étranger, nous lui redevons le troisième, attention!

— Gare la pluie ! » cria un Irlandais, en montrant un autre nuage qui s'avançait vers nous avec une grande vitesse.

» Tous nos hommes se mirent à rire de l'effroi que l'eau inspirait à cet Irlandais, qui était, à ce que l'on m'a dit, un ivrogne incorrigible.

» Le vieux matelot, son bonnet à la main, suivait des yeux la marche du gros nuage; quand il vit que le nuage allait passer au-dessus de nous, il leva son bonnet pour la troisième fois et pour la troisième fois, l'équipage cria en mon honneur.

» Aussitôt la pluie se mit à tomber à grosses gouttes. Quand je parle de grosses gouttes, c'est pour badiner, messieurs, et simplement pour égayer vos esprits. Nous fûmes presque écrasés par la chute d'une quantité de cygnes noirs, mêlés de merles blancs, qui opéraient leur migration annuelle. Ces deux espèces d'oiseaux, quoique de mœurs fort différentes, émigrent toujours de compagnie. On m'en a bien dit la raison dans ce temps-là, mais je l'ai oubliée depuis, et j'aime mieux laisser une lacune dans mon récit que d'inventer une explication au mépris de la vérité. »

La franchise de cet aveu toucha le docteur et le philosophe; car, il n'y a rien de plus aimable et de plus touchant que la candeur et la modestie chez les grands hommes.

Le grand homme continua : « Tout le monde, y compris les officiers, se mit à la besogne pour recueillir cette manne qui nous tombait du ciel. Les matelots qui étaient devenus moroses depuis quelques jours riaient en se fendant la bouche d'une oreille à l'autre et se donnaient mutuellement de grands coups de poing dans le dos à l'idée de manger de la chair fraîche, car ils étaient dégoûtés des salaisons. Nous mangeâmes donc en premier lieu les merles blancs, qui ne sont pas de garde. Je me trompe quand je dis qu'ils ne sont pas de garde, je veux dire que nous n'avions pas sous la main l'ingrédient qui sert d'habitude à les conserver pendant des années entières, et leur communique un fumet divin.

— Vous manquiez de sel? demanda sir Lewis.

— Oh que non ! Du sel, nous en avions à revendre: on conserve les merles blancs avec le foie d'un insecte dont je ne sais pas le nom scientifique, mais que les Français appellent *Bête à bon Dieu*.

— La coccinelle! s'écria triomphalement le docteur von Kornelissohn, enchanté de briller à son tour. Il y a deux espèces de coccinelles, la *Coccinella domestica* et la *Coccinella silvestris*; cette dernière est d'un tiers environ plus grosse que l'autre.

— Monsieur le docteur von Kornelissohn, dit chaleureusement le Baron en tendant sa main au docteur, touchez là, je vous prie, et vous me ferez honneur; car je vous reconnais pour un très-grand savant. Avec un petit couteau d'acier presque invisible à l'œil nu, et qu'ils appellent *grigri*, les Indiens ouvrent la grande coccinelle, celle que vous appelez...

— *Coccinella silvestris*, dit le docteur avec empressement.

— C'est bien cela: ils séparent le foie des intestins et l'enlèvent délicatement avec la pointe d'une aiguille d'ivoire plus fine que les poils d'une ortie, et, après l'avoir fait sécher au soleil, l'introduisent sous la peau du merle blanc. On m'a dit dans le pays que quatre foies suffisent pour un merle de grosseur ordinaire, et six pour ceux qui dépassent la taille moyenne. N'ayant point de coccinelles à bord, nous mangeâmes nos merles au naturel, et à trente ans de distance l'eau m'en vient à la bouche quand j'y pense seulement.

» Nous conservâmes précieusement les plumes, que l'on brûle sous le nez des dames quand elles tombent en pâmoison. Je ne connais pas de remède dont l'effet soit à la fois plus rapide et plus sûr.

» Quant aux cygnes, nous les fumâmes en employant la méthode dont on fait usage à Hambourg pour fumer les oies.

— Mais, monsieur le Baron, objecta le docteur von Kornelissohn, vous aviez donc du bois vert à bord?

— Non, mais nous avions du bois mouillé, ce qui revient au même; car cette mer dangereuse était semée d'épaves à cause du *Récif des deux cents guinées*. Nous n'avions qu'à nous baisser pour en ramasser.

» Pendant que nos matelots faisaient leur récolte de bois mouillé, ils attrapèrent un second requin, moins gros que le premier, à ce qu'il me sembla, mais je ne voudrais pas en jurer. Quand on l'eut ouvert, on trouva dans son estomac un sac de cuir, qui portait le mot *Pendjâb* écrit sur une plaque de métal : c'était le sac aux dépêches du *Pendjâb*. Nous y trouvâmes quantité de lettres que nous eûmes soin de faire tenir plus tard aux personnes dont elles portaient le nom. Ces lettres n'avaient point souffert de leur séjour dans l'estomac du requin, sinon que la cire s'était amollie et que les empreintes des cachets étaient devenues quelque peu indistinctes.

» Au milieu des dépêches, il y avait un compte du marchand d'animaux de Londres. Parmi les *item* de ce compte, qui étaient fort nombreux, il était fait mention de six couples de perdrix, enfermées dans une cage de sapin rouge.

— Ce sont parbleu bien nos perdrix! s'écria le capitaine Hamilton, et il ajouta aussitôt : Münchhausen, avouez que vous êtes sorcier ou que vous avez le don de seconde vue, comme les Écossais, pour avoir deviné toutes les circonstances, sans en omettre une seule. »

» Je lui répondis que je n'étais pas sorcier et que je n'avais pas le don de seconde vue. Seulement j'ai l'esprit naturellement observateur, et je sais enchaîner les circonstances et les déduire les unes des autres avec facilité, grâce aux bons soins de mon maître de philosophie, le célèbre Janotus de Bragmardo, qui m'a appris à raisonner en *Baroco* et en *Baralipton*. Voilà tout mon secret, messieurs, je vous le livre.

— Bien grand merci, monsieur le Baron, dirent les trois savants, nous ne manquerons pas de nous en servir à l'occasion! »

Comme il se faisait tard, ces messieurs s'enveloppèrent dans leurs manteaux, et, sous la conduite de Jahn et de son fallot, regagnèrent l'hôtellerie.

La lune s'étant levée une heure après le retour des trois savants, sir Lewis eut l'idée d'aller fumer sa pipe dans la campagne. A peine avait-il le pied sur la dernière marche de l'escalier, que le docteur von Kornelissohn se glissa derrière lui, et surveilla d'un œil jaloux toutes ses démarches, en se faufilant derrière les haies.

Quand sir Lewis se décida à rentrer, le docteur, qui était frileux, frissonnait de tous ses membres. Il éternua une grande partie de la nuit et toute la journée suivante.

Il se consola de sa mésaventure, en s'inscrivant d'office sur le catalogue des martyrs de la science.

XIV

Portrait d'un savant enrhumé du cerveau. — Le volcan sous-marin. — Comment le baron se tira un jour d'un étang, et son cheval avec lui, à la force du poignet.

Au rendez-vous du lendemain, le docteur Kornelissohn apparut, le chef orné d'un bonnet de soie noire qui lui emboîtait le crâne et le front, depuis le bas de la nuque jusqu'à la naissance des sourcils, en englobant dans ses plis protecteurs plus des trois quarts des

larges oreilles du savant. La queue du savant, comprimée par le bonnet de soie, se tenait
tapie sur son collet, aussi raide et aussi maigre qu'un salsifis mal venu. Le tricorne du savant,
perché sur le bonnet de soie noire, ombrageait deux yeux bouffis et larmoyants, un nez
rouge et gonflé et un sourire lamentable.

« Par ma pipe! dit le Baron d'une voix pleine de sympathie, je suis navré, monsieur le
docteur, de vous voir si mal accommodé! Oui, je suis au désespoir, rien qu'en pensant que
vous avez quitté la chambre et le coin du feu, au risque d'accroître votre malaise.

— Bonsieur le Baron de Bünchhausen, dit le docteur d'une voix dolente, que ne ferait-on
bas bour avoir le blaisir de vous entendre!

— Corbleu! répliqua le Baron, que ne me faisiez-vous prévenir; vous auriez eu le
plaisir de m'entendre sans sortir de vos pantoufles; je serais allé vous trouver dans votre
chambre.

— Un tel honneur, bonsieur le Baron, be rendrait fier jusqu'à la fin de bes jours. Bais
je ne perbettrai pas...

— Il faudra parbleu bien que vous permettiez, pas plus tard que demain. C'est moi qui irai
vous demander un verre de grog à votre hôtellerie. »

Le docteur fit la plus belle résistance du monde; mais le Baron ne voulut rien entendre,
et il fallut en passer par où il voulait.

« Jahn, dit le grand homme, un lait de poule pour M. le docteur; une fourrure autour
des jambes de M. le docteur, une couverture pour envelopper M. le docteur! »

Au bout de quelques minutes, la tête de M. le docteur toujours empaquetée dans le
bonnet de soie noire était de rechef surmontée du tricorne planté de travers sur l'œil droit, le
corps de M. le docteur était drapé dans une couverture de laine, que Jahn avait précipitamment
retirée du lit de M. le Baron, et les jambes de M. le docteur étaient emmitouflées dans
une vieille peau de renard; l'ensemble de la personne de M. le docteur présentait l'aspect
d'un animal étrange et grotesque, non classé par les naturalistes.

« Par ma pipe! dit l'excellent Baron, je suis si marri de ce qui est arrivé à M. le docteur,
que j'ai perdu le fil de mes idées. Je ne sais plus du tout où nous en sommes restés hier soir.

— Monsieur le Baron, dit sir Lewis, vous veniez de trouver le compte du marchand de
perdrix dans le sac aux dépêches du *Pendjâb*. »

Le Baron fit une inclination de tête du côté de sir Lewis pour le remercier de lui avoir
rafraîchi la mémoire; ensuite il ferma les yeux, se recueillit pendant une minute et dit :
« Puisque nous voilà embarqués pour les Indes, finissons-en avec cette traversée, avant de
revenir à la guerre, que nous avons un peu perdue de vue, ce me semble.

» Quand nous eûmes fumé tous nos cygnes noirs, nous reprîmes notre marche. Le matin
du deuxième jour, je n'eus pas plus tôt mis le pied sur le pont, au sortir de ma cabine, que je
sentis comme une odeur de soufre et de bitume. Je fis part de mon observation au capitaine
Hamilton, qui se contenta de me dire que c'était bien possible. Excellent homme, le capitaine
Hamilton, mais léger et insouciant.

» Vers midi, quelques matelots déclarèrent qu'ils commençaient aussi à distinguer cette odeur; vers le soir, tout le monde la sentait, même le capitaine. En même temps, la mer, transparente jusque-là, comme du verre, commença à se troubler. Je fis descendre un seau, et l'eau que l'on remonta se trouvait pleine de sable; j'observai même quelques traces d'une substance qui ressemblait à de la cendre.

« La nuit, ne pouvant dormir, je montai sur le pont; l'odeur de soufre et de bitume s'était dissipée; elle avait été remplacée par une âcre senteur de poisson grillé.

» Les hommes de quart me dirent qu'ils ne sentaient rien. Je fis réveiller le capitaine Hamilton, parce que cette odeur de poisson grillé persistait. Nous visitâmes la cuisine : les fourneaux étaient éteints. Nous parcourûmes le navire dans toutes ses parties, craignant que quelque matelot gourmand, pris du désir de souper d'un poisson grillé, n'eût allumé un réchaud quelque part et ne mit le feu au bâtiment.

» Ayant visité le navire du tillac à la cale, nous ne découvrîmes rien de suspect.

« Bonne nuit! » me dit assez sèchement le capitaine; il rentra dans sa cabine et moi dans la mienne. Je ne sais pas s'il reprit son somme interrompu; quant à moi, je ne pus fermer l'œil un seul instant.

» Sur les deux heures environ, je me retournai brusquement dans mon hamac, je me touchai le front et je m'écriai : « J'ai trouvé! »

» Ayant fait sommairement ma toilette, je montai sur le pont, où j'attendis le jour avec impatience, les coudes sur le parapet, les yeux fixés sur la mer.

» Au premier rayon de lumière, je frappai dans mes mains, tant ma joie était vive. Des milliers de poissons grillés, ou plutôt roussis, flottaient dans les eaux du bâtiment, le ventre en l'air.

» Je fis irruption dans la cabine du capitaine et je lui dis à brûle-pourpoint :

« Vite, vite, faites carguer les voiles, et ne marchez plus que la sonde à la main.

— Pourquoi! me demanda-t-il avec stupéfaction.

— Parce que, lui répondis-je sèchement.

— Mais encore…

— Il n'y a pas de « mais encore ». Un volcan sous-marin doit avoir soulevé des rochers sur lesquels nous risquons de nous briser. Mais laissez-moi donc parler! Cette odeur de soufre et de bitume : volcan sous-marin; le sable qui troublait l'eau : déplacement du fond par un volcan sous-marin; cette cendre : cendre de volcan sous-marin; ces poissons roussis qui flottent par milliers autour du bâtiment, vous pouvez les voir d'ici : victimes de l'éruption du volcan sous-marin.

— Diable! dit le capitaine en se frottant les yeux, il pourrait y avoir du vrai dans ce que vous dites. Cependant… »

» Une violente secousse le jeta hors de son cadre, les jambes en l'air. Je fus culbuté par-dessus lui, si bien que nous avions l'air de nous battre. Une seconde secousse, plus violente que la première ouvrit la porte de la cabine toute grande, je me trouvai sur le seuil, à quatre

pattes : le porte-voix du capitaine était sous ma main : je le portai à ma bouche, et je criai
d'une voix de tonnerre : « Carguez toutes les voiles ! »

» Cet ordre, parti de la cabine du capitaine, fut exécuté avec beaucoup de rapidité et de
précision, heureusement pour nous tous : le vaisseau s'engagea entre deux rochers que le
volcan avait soulevés, et demeura immobile dans la partie la plus étroite du chenal. Nous
étions engravés, il est vrai, et nous ne pouvions plus ni avancer ni reculer ; mais du moins
nous avions la vie sauve pour le moment, et du temps devant nous pour réfléchir. Si nous
étions entrés toutes voiles déployées dans le couloir, nous aurions été infailliblement brisés
en mille pièces. Le capitaine eut la bonne foi d'en convenir, en m'embrassant devant tout
l'équipage, et en me suppliant de trouver un expédient pour nous tirer tous d'affaire.

» Les plus vieux matelots hochaient la tête en se disant entre eux : « Nous sommes perdus
sans ressource.

— Nous verrons bien, leur dis-je, et je priai le capitaine de me donner le loisir de
réfléchir.

» Je n'eus pas à réfléchir longtemps, car le souvenir d'une aventure qui m'était arrivée
à la chasse me revint aussitôt à l'esprit.

» Un jour que j'étais pressé de rentrer à la maison, parce que j'avais prié des amis à
dîner, je me trouvai au bord d'un étang qui s'étendait très-loin à droite et à gauche, mais
qui me parut d'une largeur raisonnable. Je piquai des deux, mon cheval bondit en l'air.
Arrivé au milieu de l'étang, je vois que je n'ai pas pris assez d'élan, je m'arrête en l'air, je
fais faire une volte à mon cheval, et nous revenons à notre point de départ. Préoccupé sans doute
de quelque entreprise que je méditais, cette fois encore je pris mal mes mesures, et quand
je m'en aperçus, il n'était plus temps de revenir en arrière. Mon cheval s'enfonça donc dans
l'eau jusqu'aux sangles ; nous risquions fort de nous noyer tous les deux, empêtrés dans les
herbes et dans la fange. Par un mouvement instinctif, le mouvement de l'homme qui se noie,
je m'accrochai au premier objet qui me tomba sous la main. Je me pris d'abord au collet, mais
je vis que l'étoffe de mon habit n'offrirait pas assez de résistance pour enlever un homme et
un cheval ; car vous pensez bien que je ne comptais pas me sauver sans sauver mon lithuanien
avec moi. »

Sir Lewis fit un signe véhément pour déclarer qu'il approuvait fort la conduite du
Baron.

Ce signe attira l'attention du Baron, qui s'écria : « Que vois-je ? messieurs, vos verres
restent pleins ! Jahn, le lait de poule de notre cher docteur n'est plus assez chaud. »

Sir Lewis et myn herr van Gossipius se hâtèrent de vider leurs verres, et pendant que
Jahn faisait chauffer le lait de poule, le Baron poursuivit : « Ramenant vivement ma main
derrière mon cou, je saisis ma queue à poignée. Je m'enlevai ainsi à la force du bras, et
j'enlevai mon cheval avec moi, en le pressant fortement entre mes genoux. Nous étions
sauvés. »

XV

« Capitaine, dis-je à mon ami Hamilton, je crois avoir trouvé le moyen de nous sauver tous, mais la manœuvre doit être exécutée ponctuellement, minutieusement, sur mes indications.

» Alors, en présence de tout l'équipage, le capitaine me prit la main et dit à haute voix : « Moi, capitaine Hamilton, après Dieu, maître absolu sur ce navire, et seul responsable de ce qui peut arriver, je délègue mon autorité et je donne pleins pouvoirs à l'illustre Baron de Münchhausen, à qui vous obéirez sous peine de mort ! »

» Ayant fait larguer toutes les voiles et jeter à la mer les objets les plus lourds pour alléger d'autant le navire, je plaçai tout mon monde, y compris les officiers, le long des mâts, des bordages, des rampes d'escaliers. Au signal convenu, qui était le mot : hisse ! chacun devait faire un violent effort comme pour soulever l'objet qu'il serrait dans ses deux bras, ou contre lequel il avait arc-bouté son dos.

» Quand j'eus inspecté minutieusement chaque homme à son poste, en lui indiquant la meilleure manière de se tenir et de s'y prendre, je criai : « Attention ! » et presque aussitôt : « Hisse ! » La manœuvre fut exécutée avec tant d'ensemble et d'élan, que le navire se souleva de plus de dix brasses, franchit le chenal sous l'impulsion des voiles, et vogua triomphalement sur la mer libre !

» Nous ne quittâmes pas ces parages sans avoir relevé le point le plus exactement possible, afin de signaler le récif nouveau-né aux navigateurs. Il s'appelle aujourd'hui...

« *Récif de Münchhausen !* s'écria le commodore.

— Justement, répondit le Baron ; je suis émerveillé, sir Lewis, de la profondeur de votre science géographique. »

Myn herr van Gossipius vida son verre de grog d'un air sombre, sans rien dire. Du fond de sa couverture, le docteur fit entendre un reniflement vindicatif et avala de travers une gorgée de lait de poule qui faillit l'étrangler.

Le Baron, employant un moyen fort usité en pareil cas, lui administra paternellement des tapes vigoureuses dans la région du dos, et eut bientôt la satisfaction de le voir respirer aussi librement que peut respirer un homme enrhumé du cerveau.

« Comme nous avancions toujours, reprit-il aussitôt, nous rencontrâmes un pauvre navire, qui avait perdu toutes ses voiles par un de ces terribles coups de vent, si fréquents dans ces parages ; nous lui donnâmes nos voiles de rechange, pour l'amour de Dieu, et nous

continuâmes notre route. Mais nous avions été bien imprudents, car à notre tour un coup de vent nous enleva toute notre toile ; quand on voulut recourir à d'anciennes voiles que l'on avait mises à fond de cale l'année précédente, il se trouva qu'elles avaient été dévorées par les cancrelats.

« Qu'allons-nous faire ? me demanda le capitaine Hamilton.

— Je vais vous raconter une histoire qui m'est arrivée autrefois, lui dis-je, et vous verrez si vous ne pourriez pas en tirer la moralité à votre profit.

— Dites, pour voir.

— Un jour donc que je revenais de battre les buissons pour me distraire, et que j'avais épuisé ma provision de poudre, j'arrivai au bord d'un étang où je vis une multitude de canards sauvages qui prenaient leurs ébats. Cette année-là, ils avaient devancé l'époque de leur passage annuel, sans cela ils ne m'auraient pas surpris sans poudre.

» Je mis dans ma tête de ne pas retourner au logis les mains vides. Je fouillai donc dans ma gibecière, et je n'y trouvai rien qu'une fort grosse pelote de ficelle et un morceau de lard.

» Parbleu ! me dis-je, voilà justement mon affaire! J'attachai le morceau de lard à l'un des bouts de la ficelle, et je jetai cet appât, en me tenant caché dans les roseaux.

» Le premier canard qui vit le morceau de lard se jeta dessus et l'avala goulûment, en poussant de petits cris de satisfaction ; mais bientôt il témoigna de l'inquiétude et prit un air déconfit, quand il s'aperçut que le morceau de lard ne lui profiterait guère, attendu qu'à peine entré par une porte, il était déjà ressorti par l'autre.

» J'étais surpris de la rapidité de cette digestion, étonnante même chez un canard ; mais je compris tout quand je me souvins que le morceau de lard s'était trouvé pendant quelques minutes à côté d'un paquet de séné. Par ce simple rapprochement, les vertus purgatives du séné s'étaient communiquées au lard.

» Un second canard avale le morceau de lard, puis un troisième, puis un quatrième, puis un cinquième, et tous à la file prenaient des airs mystifiés et indignés.

» Quand le morceau de lard eut changé soixante-cinq fois de résidence, je jugeai convenable de borner là mon ambition, et je regagnai le logis, chargé comme un baudet. Je commençais déjà à m'essuyer le front et à maudire ma propre avidité, quand les canards, revenus de leur stupeur, commencèrent à donner signe de vie et à s'entretenir entre eux dans leur patois. Comme ils parlaient avec une vivacité surprenante, je supposai qu'ils méditaient de tirer vengeance de l'affront qu'ils avaient reçu et je me tins sur mes gardes.

» Lorsqu'ils furent tous réveillés, le doyen, de sa voix de chantre, donna tout à coup le signal de l'insurrection. Aussitôt tous battirent des ailes et prirent leur vol, et je me sentis soulevé de terre. Arrivé à une grande hauteur, je m'orientai, et je me fis transporter du côté de ma maison, en me servant des deux basques de mon habit, comme de deux voiles.

» J'aurais goûté très-fort cette nouvelle façon d'aller si je n'avais craint d'être emporté

6

trop loin et trop haut, car les canards s'étaient piqués au jeu. Je trouvai à cet inconvénient un fort bon remède ; quand j'entrevis ma maison dans le lointain, je commençai à tordre le cou à un certain nombre de canards. Bientôt ceux qui restaient trouvèrent la charge trop lourde, et descendirent vers la terre, entraînés malgré leur résistance par le poids de ma personne.

» Au moment où j'entendis crier mes paons dans ma basse-cour, j'exécutai prestement une nouvelle série de victimes, afin d'atterrir triomphalement sur la terrasse du château. Mais j'avais mal pris mes mesures, car, au lieu de tomber sur la terrasse, je fus précipité dans la grande cheminée des cuisines. Heureusement que le feu n'était pas encore allumé pour les apprêts du dîner.

» Quant au cuisinier, il faillit mourir de peur et de saisissement, en me voyant arriver d'une manière si étrange, mais le sourire reparut bientôt sur ses grosses lèvres quand il regarda le chapelet de canards sauvages.

— Justement! dit-il en m'aidant à me relever et à réparer le désordre de ma toilette, j'étais en peine de savoir quel rôti servir aux invités de M. le Baron ; car M. le Baron n'a certainement pas oublié qu'il attend ce soir soixante-cinq personnes à dîner.

— Si je ne m'en étais souvenu, lui dis-je, je me serais bien gardé de faire d'aussi énormes provisions. »

» Quand j'eus terminé ce récit, le capitaine Hamilton me dit :

» Baron, je comprends la moralité de votre histoire : nous pourrions nous faire remorquer par des canards si nous avions des canards, mais comme nous n'en avons pas…

— Hamilton, lui dis-je, vous m'étonnez. Un proverbe français dit : Faute de grives on prend des merles ; et moi je dis, faute de canards on prend des pétrels, des mouettes, des aigles de mer…

— Voulez-vous, me dit-il, vous charger de tout, comme la dernière fois ? »

» Je répondis que je le voulais bien. Je me fis donner des cordelettes et des ficelles, du lard en quantité suffisante et du séné que j'empruntai au chirurgien du bord. Quand tout fut prêt, je mis en réquisition les trente pêcheurs les plus adroits du bord, car j'avais calculé qu'il nous faudrait bien trente équipes d'oiseaux pour tirer le navire ; il en eût fallu peut-être trois mille s'il se fût agi de le soulever. Quand les pêcheurs furent à leur poste, ils laissèrent traîner leurs lignes. Vingt-quatre équipes furent complètes au bout de huit heures. Il fallut trois heures de plus pour compléter les six autres.

» Pendant ce temps-là, les charpentiers avaient disposé une plate-forme avec de petits rebords sur l'extrémité du beaupré.

» Quand on eut fixé aux différents mâts les cordelettes des équipes, on éparpilla du lard grillé sur la plate-forme du beaupré, et les oiseaux tirèrent de toutes leurs forces pour tâcher d'y atteindre. C'est ainsi que le navire arriva à destination.

» Le capitaine calcula que la navigation par équipes d'oiseaux est d'un cinquième plus lente que la navigation ordinaire. Voilà, je crois, pourquoi elle n'a pas été adoptée. »

Depuis quelque temps déjà, le docteur Kornelissohn s'était détaché, comme on dit, des choses de ce monde sublunaire : en d'autres termes, il s'était assoupi. Mais ses compagnons ne s'en étaient pas aperçus, parce qu'ils étaient suspendus aux lèvres éloquentes du Baron. Cependant la tête du docteur se penchait de plus en plus sur sa poitrine, et une mélodie nasale, désignée sous le nom vulgaire de ronflement, scandait les périodes du récit. Tout à coup, sur le point de perdre l'équilibre, le docteur fit un brusque soubresaut, ouvrit des yeux égarés, et bégaya : « É-vi-dem-ment ! »

Pourquoi ne veut-on jamais avouer que l'on a dormi en société ? Pourquoi la plus excusable des faiblesses humaines est-elle celle dont on rougit le plus ?

« M. le docteur paraît fatigué, et on le serait à moins, dit obligeamment le Baron, si vous le voulez bien, messieurs, nous remettrons à demain la suite du récit.

— Je ne dormais pas, dit d'un ton piqué le docteur que personne n'avait accusé de dormir ; seulement je fermais les yeux, parce que la lumière m'éblouissait. Vous me désobligeriez, monsieur le Baron, d'abréger la soirée à cause de moi. Je ne suis pas fatigué le moins du monde. »

Le Baron eut l'exquise courtoisie de ne pas insister et la délicatesse de continuer son récit. Mais, en même temps, il fit un ferme propos de ne pas le prolonger. Il glissa donc rapidement sur son séjour dans les Indes orientales, au grand détriment de la postérité, dont le trésor se serait enrichi d'observations intéressantes sans le rhume de cerveau et l'obstination d'un docteur allemand.

A peine le Baron fit-il allusion, en passant et de la façon la plus discrète, à une certaine *begum*, horriblement riche et étonnamment jaune, qui lui avait fait offrir sa main et ses trésors.

« Maintenant, dit-il, en adressant un clignement d'yeux au commodore et au philosophe, je vous déclare sérieusement que c'est moi qui suis fatigué. Jahn, reconduisez ces Messieurs, et prenez bien garde que notre excellent docteur ne prenne froid en s'en retournant. A demain, messieurs, il est convenu que c'est moi qui irai vous demander un verre de grog et une pipe de tabac. »

XVI

Un docteur qui sait s'imposer des privations. — Le Baron passe à cheval à travers les deux portières d'une voiture. — Exquise finesse de son odorat et de ses sentiments. — Moyen de forcer un renard à sortir de sa peau. — Modestie du Baron. — — Portrait de l'excellent major Hiller.

Ces messieurs trouvèrent leur hôtelier endormi auprès du feu de la cuisine ; sir Lewis lui donna ordre de faire du feu le lendemain dans la grande salle et de tout préparer en vue de la visite du Baron. Ce fut un grand soulagement pour le docteur enrhumé, de voir son collègue assumer si gaillardement le rôle de maître de maison, car comme dit le proverbe : « Qui commande, paye. » Un moment le docteur avait craint de faire les frais de la réception, puisque c'était à cause de lui que le Baron quittait son manoir pour l'hôtellerie du Pélican.

Le docteur n'était pas riche et il avait une nombreuse famille. C'était, il est vrai, avec des subsides de l'*Insatiable Curiosité* de Pumpernikel qu'il avait fait le voyage. Mais comme le trésorier lui avait remis une somme fixe, il ne lui était interdit par aucune clause du règlement de faire des économies, s'il le pouvait. C'était un bon père de famille; il ne demandait pas mieux que de s'imposer des privations pour nourrir ses enfants, et parmi ces privations, celle qu'il se fût le plus volontiers imposée, c'eût été de se priver, en faveur d'un autre, de l'honneur de traiter le Baron.

Le lendemain, dans la journée, son confrère le philosophe lui ayant rendu visite dans sa chambre, le naturaliste lui recommanda expressément de suivre le commodore quand il reconduirait le Baron : « Car vous pouvez être sûr qu'il l'escortera au retour, il n'y manquera pas, je le connais. »

A l'heure dite, le Baron arriva en compagnie de son fidèle Jahn; le Pélican (on donnait familièrement à l'hôtelier le nom de son hôtellerie) fut très-déconfit en voyant apparaître Jahn; car il s'était promis de servir lui-même ces messieurs, afin d'entendre quelque chose des aventures de l'illustre Münchhausen.

Quand le Pélican déconfit eut battu en retraite, quand le Baron eut serré la main à tout le monde, et qu'il eût supplié le docteur de rester couvert, il s'étendit complaisamment dans un grand fauteuil de velours d'Utrecht et ouvrit la séance.

« Par ma pipe! dit-il en souriant, je parie bien, messieurs, que je vais vous désappointer : nous voilà revenus des Indes orientales, et nous reprenons la suite de cette interminable guerre du Russe contre le Turc. Vous comptez, j'en suis certain, sur de grands récits de batailles, d'assauts, de siéges. Mais je vous l'ai déjà fait pressentir, cette guerre traînait en longueur. Si nous n'avions pas campé sous la tente, nous aurions mené absolument la vie du soldat en garnison. Je n'eus, en deux ans, que trois aventures à peu près dignes d'intérêt, et encore sur les trois il y en a deux qui ne sont pas des aventures militaires.

» Un jour que je poursuivais un lièvre, mon lièvre coupa la grande route. J'étais lancé à fond de train...

— Vous montiez sans doute votre lithuanien? demanda le centaure avec vivacité.

— Naturellement, répondit le Baron. Juste au même moment passait une voiture dont les glaces étaient baissées. Rapide comme l'éclair, mon lithuanien m'emporte à travers les deux portières, et nous traversons la voiture d'outre en outre. Il y avait deux dames dans l'intérieur. J'eus à peine le temps d'ôter mon chapeau et de m'excuser de la liberté grande.

— Faites, faites, monsieur le Baron, me répondit l'une des dames avec un charmant sourire.

— Et le lièvre? demanda le docteur.

— Le lièvre, répondit le Baron en portant sa main à son front. Ah oui! le lièvre. J'ai le regret de vous dire qu'il court encore, s'il n'est pas mort de vieillesse. Je suis, ou du moins dans ce temps-là j'étais très-facile à émouvoir. J'avais senti, en traversant la voiture, une odeur très-prononcée de bergamote. C'était le parfum favori de feu Mᵐᵉ la Baronne de Münchhausen, que j'avais eu le malheur de perdre un peu avant la guerre. Les larmes me vinrent aux yeux, mon lithuanien s'aperçut aussitôt que je n'avais plus le cœur à la chasse; il ralentit son allure, et le lièvre en profita pour disparaître dans quelque buisson. Je le lui pardonne bien volontiers.

» Le lendemain j'allai porter mes excuses aux deux dames que j'avais eu l'honneur de rencontrer déjà dans un bal donné par le comte Munich. Comme elles croyaient remarquer que j'étais un peu mélancolique, elles me pressèrent de questions, et je leur dis que l'odeur de bergamote m'avait rappelé vivement le souvenir de Mᵐᵉ la Baronne de Münchhausen. Elles se regardèrent toutes surprises, car ni l'une ni l'autre ne portait d'odeurs.

» A la fin, la plus âgée des deux dames dit à la plus jeune : « Mon cœur, vous souvenez-vous que pendant notre promenade le comte Jeloudof galopa quelque temps à la portière de notre voiture. Je crus sentir, lorsqu'il tira son mouchoir pour épousseter son jabot, un vague parfum de bergamote, il en sera resté quelque chose après nos vêtements. Je vous fais compliment, monsieur le Baron, sur l'exquise finesse de votre odorat! »

Les trois savants prirent des notes et le Baron continua.

« J'étais toujours sous l'influence des souvenirs éveillés dans mon âme par le parfum de la bergamote, et j'aurais donné tout au monde pour assister à un grand combat, ou tout au moins à une escarmouche; le mouvement et le danger m'auraient tiré de ma sombre mélancolie. Mais, comme dit le proverbe : « Il faut être deux pour se battre, » et les Turcs refusaient obstinément la bataille, soit qu'ils fussent fatigués, soit qu'ils méditassent quelque mauvais coup.

» Je m'en allais, solitaire et pensif, par monts et par vaux, recherchant surtout les lieux sombres et tristes. C'est ainsi que je pénétrai un jour dans un bois de pins. J'aperçus à quelque distance de moi un renard de belle taille qui était aux aguets. Par habitude, j'avais emporté mon fusil avec moi. Machinalement j'épaulai, et j'allais tirer, lorsqu'une réflexion m'arrêta.

« C'est dommage, me dis-je, de cribler de plomb une si belle peau de renard! »

» Retirant alors le plomb de mon fusil, j'introduisis un clou dans le canon, en ayant bien soin qu'il pénétrât la tête la première, la pointe en avant tournée vers l'orifice du fusil. »

Ici la pipe de sir Lewis se mit à faire entendre de petits sifflements.

« Patience! dit le Baron, en adressant un sourire au centaure, vous allez savoir tout de suite pourquoi je me servais d'un clou en cette occasion. J'imitai alors le cri de la poule. Le renard dressa les oreilles, puis il se rasa en regardant du côté où je me tenais caché, tout prêt à s'élancer. Sa queue frétillait d'impatience et se dressait par moments presque toute droite. Je fis feu au bon moment, et le renard se trouva cloué par la queue au tronc d'un sapin.

» Alors je m'avançai rapidement, et, tirant mon couteau de chasse, je fis au renard une incision en forme de croix, sur le front, entre les deux yeux. »

Ici le narrateur s'arrêta malicieusement pour jouir de la surprise de ses auditeurs. Pendant qu'il dégustait son grog à toutes petites gorgées, la pipe de sir Lewis criait et sifflait, les lèvres de myn herr van Gossipius se serraient l'une contre l'autre, et il se formait des rides autour de ses yeux ; des sons inarticulés sortaient des couvertures du docteur.

Le Baron fit claquer ses lèvres et chargea Jahn de demander au Pélican d'où il tirait son rhum ; ensuite il dit : « Je remis mon couteau de chasse à sa place, je m'armai de mon fouet et je retroussai ma manche. Le renard, cependant, tout penaud et tout confus, suivait mes mouvements d'un air sournois, et par instants il faisait des soubresauts pour tâcher de se mordre la queue afin de se délivrer, en faisant le sacrifice de son plus bel ornement.

» A nous deux ! lui dis-je en levant le bras. Il baissa les oreilles et ferma les yeux ; mais ce ne fut pas pour longtemps. Sous la grêle de coups de fouet que je faisais pleuvoir sur tout son corps, il bondit avec tant d'impétuosité, qu'il finit par sortir tout entier à travers l'incision cruciale. Comme je ne voulais de lui que sa peau, je le laissai aller en paix, où il lui plut d'aller.

— Combien de temps dura cette opération? demanda myn herr van Gossipius.

— Bien moins longtemps qu'on ne le croirait à première vue, reprit le Baron. L'opération présente des difficultés, je n'en disconviens pas, mais vous remarquerez que les coups de fouet ont pour effet non-seulement de faire comprendre au renard qu'il fera bien de prendre vivement son parti, et de quitter sa robe de chambre au plus vite, mais encore ils lui viennent en aide, dans une certaine mesure, en détachant la peau de la chair. N'avez-vous pas remarqué, messieurs, que les bouchers frappent à coups de bâton sur le bœuf qu'ils viennent de tuer, afin de l'écorcher plus facilement?

— C'est, ma foi, vrai, s'écrièrent les trois savants, avec des gestes d'admiration.

— C'est à tout cela que j'avais pensé en choisissant cette façon d'opérer.

— Quelle admirable présence d'esprit, dit sir Lewis.

— Quelle fécondité de ressources! ajouta myn herr van Gossipius.

Le docteur éternua et dit en même temps : « Berveilleux! » Comment il s'y prit pour bien faire les deux choses à la fois, on n'a jamais pu se l'expliquer, sinon par le désir violent qu'il avait de ne pas se laisser trop devancer par ses deux confrères dans la faveur du Baron. Tant il est vrai qu'une âme héroïque est vraiment maîtresse et souveraine du corps qu'elle anime! surtout quand cette âme est celle d'un savant dévoré de l'amour de la science.

« Messieurs, dit le Baron, avec un embarras plein de grâce, vous mettez ma modestie à une trop forte épreuve. Épargnez-moi, de grâce, ou je n'oserai pas continuer.

» Afin de tuer le temps, les officiers supérieurs des différents corps qui campaient avec nous avaient l'habitude de se réunir pour jouer aux cartes et pour vider quelques bouteilles en bonne compagnie. Dans les premiers temps, je ne fis que de rares apparitions à la table de ces messieurs ; mais vers la fin, dégoûté de la chasse, connaissant jusqu'au moindre buisson à soixante lieues à la ronde, plongé dans la plus noire mélancolie, je cherchai des distractions dans la société de mes semblables et je fréquentai assidûment les joyeuses réunions des officiers supérieurs.

» Je ne tardai pas à remarquer un certain major Hiller, Allemand de naissance, qui avait pris du service dans l'armée russe. Le major avait une bonne grosse figure aussi large que longue, des yeux émérillonnés et fort écartés l'un de l'autre, un nez de buveur convaincu et une paire de moustaches blanches qui faisaient ressortir la pourpre brillante de ses joues. Deux singularités m'avaient frappé chez le major Hiller, ce qui fit que je me mis à l'étudier avec curiosité.

» Jamais le major ne se découvrait, du moins pour saluer ; il se contentait de porter gracieusement la main jusqu'à la ganse de son tricorne ; mais, en revanche, il pliait l'échine en deux, tant il saluait bas, et il vous priait, avec un sourire enchanteur, d'avoir pour agréable qu'il demeurât couvert, alléguant son grand âge et certaines blessures qu'il avait reçues à la tête.

» Jamais le major Hiller ne s'enivrait ; non pas qu'il fût un modèle de sobriété, car chaque fois que nous étions réunis, il buvait à lui seul plus d'eau-de-vie et de schiedam que nous ne buvions de vin à nous tous. Plusieurs fois je l'avais vu devenir rouge comme un coq, ses yeux étaient fixes et troubles, et je me disais : « Enfin ! »

» Dans ces cas-là, il jetait un regard furtif autour de lui, et quand il pensait qu'on ne le voyait pas, il soulevait légèrement son chapeau. Aussitôt la pourpre disparaissait de ses joues et de son nez enflammé ; il devenait rose et frais, comme s'il venait de se réveiller après douze heures d'un bon sommeil ; ses yeux étaient souriants et clairs, un malicieux sourire faisait remonter la pointe de ses moustaches ; et il recommençait à boire comme s'il eût été à jeun depuis deux jours. »

XVII

La tête du major Hiller environnée de flammes de punch, comme d'une auréole. — Éloquente apostrophe de sir Lewis Caruthers, esquire. — On se fera désormais trépaner pour son plaisir. — Un julep merveilleux. — La gaieté est contagieuse. — « Où est-il ? où est-il ? » — Le Baron prisonnier de guerre. — Spectacle émouvant de la faiblesse d'un héros.

« Par ma pipe ! me dis-je un beau jour en m'éveillant, je suis sûr que le major Hiller a été trépané. S'il se découvrait toutes les fois que la politesse l'exige, sa cervelle se figerait, et il deviendrait imbécile ; d'un autre côté, quand les fumées du vin ou de l'eau-de-vie lui montent à la tête, il ôte un instant son chapeau ; les vapeurs de l'ivresse s'échappent par l'orifice de son crâne ouvert, et voilà pourquoi il peut boire impunément.

— Admirablement déduit ! s'écria le docteur Kornelissohn d'un ton de coq enroué. Et il était tout triomphant d'avoir pris l'avance sur les deux autres savants. Ces messieurs inclinèrent la tête pour montrer que le docteur avait parfaitement rendu leur pensée.

— Je n'eus rien de plus pressé, continua le Baron, que de m'assurer si mes suppositions étaient fondées.

— Comment vous y prîtes-vous ? demanda l'impétueux sir Lewis.

— Je vous avouerai, messieurs, reprit le Baron, que la journée me parut terriblement longue, et que j'attendis le soir avec impatience.

— Pourquoi attendre jusqu'au soir ? demanda myn herr van Gossipins qui avait l'esprit juste, mais lent.

— Vous allez voir pourquoi, répondit le Baron. Nous avions justement ce soir-là beaucoup d'invités, entre autres le commandant d'une *sotnia* de cosaques et un vieux colonel de grenadiers. Vers la fin du repas, le major Hiller commença à donner furtivement de l'air à sa cervelle embrasée. Je me levai de ma place, sans faire semblant de rien, et je passai derrière le major, tenant ma pipe allumée. Au moment où il leva son chapeau, j'introduisis le fourneau de ma pipe dans l'entre-bâillement. Aussitôt les vapeurs prirent feu, et une flamme de punch dansa joyeusement au-dessus de la tête du major.

— Au feu ! cria le domestique qui nous servait, et dans son effroi il laissa tomber les verres, les flacons et les tasses à thé qu'il apportait sur un plateau.

— Qu'a donc cet imbécile ? demanda le major avec le plus grand calme. Il était le seul qui ne se fût aperçu de rien.

— Quoi ? demanda sir Lewis, est-ce que le major ne fut point incommodé de cette flamme de punch ?

— Incommodé, lui ! Quand il s'aperçut que tout le monde riait aux larmes, et quand on lui eut expliqué la chose, il déclara n'avoir rien senti du tout, sinon un bien-être extrême, accompagné de toutes sortes d'idées riantes et agréables. Il demanda à boire et me pria de renouveler l'expérience. A chaque expérience nouvelle, sa gaieté s'accroissait ; mais ce n'était pas cette lourde et stupide gaieté des ivrognes, qui n'inspire aux honnêtes gens qu'horreur et que dégoût. »

La pipe du commodore se met à pousser des sifflements qui se succèdent avec rapidité. Évidemment la respiration du commodore est haletante, et lui, il est profondément ému.

« Hé ? demanda le baron en se tournant de son côté.

— Rien ! monsieur le Baron, rien ! C'est-à-dire… dans un instant ! je vous dirai tout… Continuez pour l'amour de Dieu ! »

Le baron continua :

« C'était une gaieté vive et aimable, charmante, pétillante d'esprit, telle enfin que nous voyons la gaieté française décrite par les Français. Cette gaieté survécut aux circonstances qui l'avaient fait naître ; elle dura toute la nuit, et le lendemain matin, le major, rajeuni de dix ans, nous racontait avec un admirable entrain qu'il avait eu les rêves les plus agréables du monde. »

Alors, sir Lewis, incapable de contenir plus longtemps son enthousiasme, se leva tout droit, et, étendant solennellement ses deux bras vers le Baron, il s'écria d'une voix que l'émotion faisait trembler, en tutoyant le Baron comme on tutoie les dieux :

« Bienfaiteur du genre humain en général et de la glorieuse Angleterre en particulier, s'il y a encore une étincelle de reconnaissance dans le cœur des mortels, ton nom passera jusqu'à la postérité la plus reculée. Par cette merveilleuse découverte, fruit de ton admirable génie d'observation, tu as supprimé l'ivresse qui dégrade l'homme et le rend pareil à une bête, et tu as créé la gaieté qui le rend sociable et bon, et qui, comme dit je ne sais plus quel ancien, est une demi-vertu.

— Bonsieur ! vociféra le docteur en tirant le commodore par la manche, vous vous rendez familier, vous tutoyez...

— Monsieur ! répondit sévèrement le commodore, ce n'est pas à vous que je parle. » et il dégagea si vivement sa manche que le malade en faillit perdre l'équilibre.

Après cet aparté qui ne dura que quelques secondes, sir Lewis Caruthers reprit avec véhémence : « Tu as terrassé un monstre hideux et dévorant, le *spleen*, puisqu'il faut l'appeler par son nom ; le *spleen*, qui dévore plus de vies humaines que n'en ont dévoré les monstres détruits par Hercule ; le *spleen* qui....

— Il se croit au prêche ! » murmura le docteur à l'oreille du pacifique van Gossipius.

Sir Lewis laissa tomber sur le docteur un regard de dédain et poursuivit :

« Tout Anglais désormais, lorsqu'il sentira les atteintes de l'horrible mal, courra en souriant se faire trépaner, au lieu de jeter des regards sombres sur ses rasoirs ou sur ses pistolets !

— Vous vous échauffez, sir Lewis, lui dit le Baron avec un sourire rempli de bienveillance. De grâce, reposez-vous un instant.

— J'ai fini », dit le commodore avec le plus grand sang-froid, et il s'assit tranquillement sur son fauteuil, un peu surpris, en son for intérieur, d'avoir parlé si longtemps et avec tant de chaleur pour la première fois de sa vie, mais fermement décidé à ne pas laisser voir sa surprise.

Le Baron avait cela de commun avec tous les grands hommes, qu'il aimait la gloire et ne détestait pas les témoignages d'admiration.

Bien loin de trouver que le commodore avait parlé trop longtemps, il fut un peu décontenancé de le voir tourner si court. Il s'ensuivit un silence embarrassant, qui, pendant deux minutes au moins, ne fut troublé que par la respiration pénible du docteur.

« Hem ! » fit myn herr van Gossipius, comme s'il s'éclaircissait la voix afin de prendre la parole ; mais, réflexion faite, il ne la prit pas et attendit les événements avec une patience de Hollandais.

7

« Jahn, dit sir Lewis, avec la permission de M. le Baron, vous irez dire au Pélican qu'il se fait bien attendre, et vous lui commanderez d'apporter le julep que je lui ai commandé de faire chauffer, car il doit être prêt depuis longtemps. »

Le julep aurait été prêt depuis longtemps, en effet, puisqu'il n'y avait qu'à le faire chauffer au bain-marie ; mais le Pélican avait quitté ses fourneaux pour venir coller son oreille au trou de la serrure, et il s'y était oublié, charmé de ce qu'il entendait.

Ce julep, dont la recette avait été conservée dans la famille Caruthers depuis Guillaume le Conquérant, était une boisson si douce, qu'une faible femme eût pu le boire sans cligner les yeux et en eût redemandé, et en même temps si fortifiante, que le Baron se sentit comme rajeuni, après le premier verre. Il déclara, en faisant claquer sa langue, qu'il était prêt à passer toute la nuit ; myn herr van Gossipius dégusta le divin breuvage en levant les yeux au plafond, et en collant sa langue contre son palais pour tâcher de démêler de quels éléments il était composé. Il n'est pas jusqu'au docteur enrhumé qui n'en voulût prendre une petite goutte ; il déclara facétieusement qu'il en ferait pour cette fois son lait de poule.

Jahn aurait pu dire son avis s'il l'avait voulu, car le Pélican et lui avaient fraternellement dégusté le julep pour savoir s'il était assez chaud.

Le Baron, après avoir passé sa langue sur ses lèvres, reprit son récit juste au point où il l'avait laissé : « Le bruit s'étant répandu que le major Hiller était devenu subitement un homme d'esprit, à la nouvelle de cette étonnante métamorphose, on vint chez nous de tous les campements voisins, et plus de cinquante gentilshommes, tous officiers supérieurs, nous demandèrent comme une faveur de venir s'asseoir à notre table.

» Les expériences recommencèrent dès le soir même, et le major devint si amusant, que nous ne pouvions plus ni manger ni boire, à force de rire.

» Nous entendîmes bientôt les soldats se rassembler autour de la tente. Les plus rapprochés riaient de nous entendre rire et les plus éloignés riaient d'entendre rire les autres, car le rire, de sa nature, est contagieux. Les sentinelles elles-mêmes avaient quitté leur faction, attirées par une invincible curiosité.

» Cependant les Turcs avaient su par leurs espions ce qui se passait chez nous. Ils s'approchèrent à la faveur de la nuit et, profitant de la négligence des sentinelles, nous cernèrent peu à peu.

» Tout à coup il se fit un horrible tumulte autour de notre tente. Le major Hiller remit brusquement son chapeau sur sa flamme de punch, imprudence qui lui coûta cher. La flamme attaqua la surface de la cervelle et du même coup la raison de notre pauvre ami. Depuis cette époque, sans être précisément fou, il ne fut jamais complétement dans son bon sens. On l'appelait familièrement le Cerveau-Brûlé ; je crois même que cette expression a servi depuis, dans plusieurs langues, à désigner les personnes qui ne jouissent pas de la plénitude de leur raison. (Le commodore prend vivement une note.)

» Chacun de nous sauta précipitamment sur ses armes. Au milieu des cris assourdissants que poussait la foule au dehors, on entendait une grosse voix qui disait : « Où est-il ? où est-il ? »

» Je dégainai mon sabre et, comme il y avait une grande presse à l'entrée de la tente, je fendis la toile et je parus sur le théâtre de la lutte en criant : « À moi ! les hussards rouges. »

» Hélas ! la lutte était déjà finie ; les hussards rouges, les hussards bleus, les hussards jaunes, les cosaques, les grenadiers, les bombardiers, gisaient pêle-mêle sur le sol, ficelés comme des bottes de foin.

» Une foule innombrable de Turcs se précipitait sur les officiers à mesure qu'ils sortaient de la tente. Le chef de la *sotnia* de Cosaques fut tué, ainsi que le colonel de grenadiers ; le major fut pris avec trois généraux, et la grosse voix criait toujours : « Où est-il ? où est-il ? »

» Comme je m'avançais, en faisant le moulinet avec mon sabre, pour défendre mes amis ou pour périr avec eux, la grosse voix hurla : « Le voilà ! le voilà ! qu'on le prenne vivant ! »

» Aussitôt il y eut comme un mouvement de houle parmi les Turcs ; une compagnie tout entière me cerna. Je me défendais toujours, sans reculer d'une semelle, lorsque dix paires de mains vigoureuses me saisirent par derrière ; vingt Turcs au moins se jetèrent sur mes bras et me désarmèrent ; on me lia de cordes, j'étais prisonnier ! »

En prononçant ces derniers mots, le Baron se couvrit les yeux de la main gauche, pendant que sa main droite serrait convulsivement le bras de son fauteuil.

« Tristes vicissitudes des choses humaines ! » s'écria le docteur Kornelissohn. La face toujours voilée de sa main gauche, le Baron lui tendit la main droite, que le docteur garda obstinément dans les siennes pour empêcher les autres de la prendre à leur tour.

« La roche Tarpéienne est près du Capitole, dit sentencieusement myn herr van Gossipius.

— Cela doit être vrai, puisque vous le dites, » répondit avec bonhomie le Baron, qui n'était pas très-ferré sur la topographie de l'ancienne Rome.

Le commodore se leva sans dire un mot, et remplissant jusqu'au bord le verre du Baron d'une grande rasade de son julep bienfaisant, il le lui porta aux lèvres. Le Baron ne fit point de résistance et avala de confiance le divin cordial, les yeux toujours voilés de sa main gauche, la main droite toujours emprisonnée dans les pinces du docteur.

C'était un spectacle si émouvant, que le domestique du Baron pleurait à chaudes larmes dans son coin. Quel précieux serviteur que le fidèle Jahn ! l'émotion la plus vive ne lui faisait jamais oublier un seul instant son devoir. Sachant par une longue expérience que le récit du Baron se terminerait là, il alluma soigneusement sa lanterne et attendit avec confiance le signal du départ. Le signal du départ, c'étaient les mots sacramentels : « Pardonnez-moi, messieurs (ou monsieur, selon l'occurrence), un moment de faiblesse ! »

Comme le docteur retenait toujours captive la main droite du Baron, le Baron tenait toujours sa main gauche sur ses yeux. Jahn, impatienté, lança au docteur un regard de côté : cet étranger prenait-il la main de son maître pour une curiosité naturelle ? et comptait-il la garder éternellement afin de la mettre dans sa collection ?

Le docteur se décida enfin à lâcher cette malheureuse main droite qui se posa aussitôt sur le bras droit du fauteuil ; la main gauche cessant de voiler la face du héros se posa d'elle-même sur le bras gauche du fauteuil. Alors la voix du Baron prononça les paroles sacramentelles : « Pardonnez-moi, messieurs, un moment de faiblesse ! »

Sans s'inquiéter de savoir si ces messieurs pardonnaient ou ne pardonnaient pas, Jahn s'approcha de son maître et lui mit son manteau sur les épaules. Le Baron se leva et regagna son manoir, refusant péremptoirement de se laisser accompagner par le commodore.

Le docteur Kornelissohn et mynheer van Gossipius échangèrent sournoisement un regard machiavélique.

XVIII

Estourbi-Pacha. — La cérémonie de la « Confusion en excuses ». — Aimable familiarité d'Estourbi-Pacha. — Le Baron repousse ses offres et est vendu comme esclave. — Le Baron devient pasteur d'abeilles. — Le terrible Tape-Salé. — Deux ours contre une abeille. — Combat furieux entre les queues des deux ours.

« Par ma pipe ! dit le Baron, ce julep m'a procuré un sommeil délicieux. J'ai dormi toute la nuit sans débrider. Je vois avec plaisir que notre savant docteur en a ressenti également les effets salutaires. Ses yeux sont moins rouges et moins larmoyants, et son nez a repris forme humaine. Dieu en soit loué ! et vous après lui, sir Lewis.

— Puisque mon julep vous plaît, monsieur le Baron, permettez-moi de vous en communiquer la recette, telle qu'elle s'est transmise de mâle en mâle dans notre famille, depuis Caruthers le Barbu, sommelier de Guillaume le Conquérant. »

Et il remit au grand homme un pli cacheté. Après l'avoir courtoisement remercié, le grand homme reprit le fil de son récit.

« On me porta pieds et poings liés dans la tente du célèbre Estourbi-Pacha, généralissime des armées turques. Quand il me vit dans cet état, il entra dans une violente colère.

« Marauds, dit-il à ses gens, est-ce ainsi que vous osez traiter une personne du mérite de M. le Baron. Par la barbe du Prophète, je vous ferai tous empaler jusqu'au dernier si vous ne tranchez ces cordes avec la rapidité de l'éclair, et si vous ne vous confondez en excuses. »

» Quand ils m'eurent délivré de mes cordes en les coupant avec leurs cimeterres, les pauvres diables se confondirent en excuses. La manière de se confondre en excuses, dans ce pays-là, consiste à s'incliner jusqu'à frapper la terre de son front septante et trois fois, sans se relever.

» Comme mon escorte se composait de vingt hommes, je reçus, sans désemparer, quatorze cent soixante révérences, dont je me serais bien passé, car j'avais les membres rompus et je ne demandais qu'à m'asseoir ou à m'étendre sur un des grands divans qui étaient là. Mais Estourbi-Pacha, qui était très-strict sur les convenances, n'en voulut point démordre, et je demeurai trois gros quarts d'heure à contempler les soleils d'or que ces gens-là portent dans le dos, disant à chacun d'eux, quand il se relevait : « Grand bien vous fasse ! » c'est la formule.

» Quand la cérémonie du baise-pieds fut finie, Estourbi-Pacha me tendit la main, m'offrit une fort grande pipe, et nous fumâmes en silence, les jambes croisées, comme les tailleurs de ce pays-ci, pendant que les esclaves baigneurs me préparaient un bain parfumé.

» Au sortir du bain, nous mangeâmes force confitures ; j'aurais préféré un bon plat de choucroute, mais il faut toujours se conformer aux usages des pays où l'on vit, surtout quand on ne peut pas faire autrement.

» Quand nous eûmes dépêché nos confitures, Estourbi-Pacha me dit : « Monsieur le Baron, vous êtes la personne du monde que j'estime le plus.

— Monsieur Estourbi-Pacha, lui répondis-je, vous êtes bien honnête.

— Pas du tout, répondit-il en souriant ; je mourais d'envie de vous voir, rien que sur votre réputation, et maintenant que je vous vois, je n'ai rien tant à cœur que d'être de vos bons amis.

— Où veut-il en venir ? me demandai-je avec défiance. Mais comme il faut toujours être poli avec les gens polis, je portai la main au grand turban où l'on m'avait empaqueté la tête.

— Non, non, restez couvert, je vous prie, reprit vivement Estourbi-Pacha ; vous vous enrhumeriez en vous découvrant après le bain. Point de cérémonie entre nous, appelez-moi Estourbi tout court, et moi je vous appellerai Münchhausen ; ce sera charmant. »

» Je n'avais jamais rencontré de Turc si facile à vivre. Je fus réellement séduit par les manières d'Estourbi, et je le lui dis.

« Mon vieux Münchhausen, reprit-il en me regardant en dessous, votre nom seul indique que vous n'êtes pas Russe.

— Mon vieil Estourbi, lui répondis-je, le fait est que je ne suis pas plus Russe que vous. J'ai pris du service dans l'armée russe, voilà tout.

— Vous n'éprouverez donc, me dit-il, aucune répugnance à laisser les Russes se tirer d'affaire comme ils pourront, et à nous prêter le secours de votre bras. Non, non, ne me répondez pas avant d'avoir mûrement réfléchi. Les Russes laissent languir un homme comme vous à la tête d'un régiment de hussards, lorsque vous êtes fait pour commander des armées ! C'est une honte. Je vous fais général.

— Mais, mon vieil Estourbi...

— Pacha à une queue !

— Mais...

— Pacha à deux queues...

— Mais...

— Pacha à trois queues !

— Mais, mon cher Estourbi...

— Petit coquin de Münchhausen, me dit Estourbi-Pacha, en me donnant familièrement une tape sur le genou. Je vois ce que c'est. Nous sommes ambitieux, j'aime cela ; car il n'y a pas de gens plus maniables que les ambitieux. Pas de protestations inutiles. Écoutez-moi, mon cher camarade. Jusqu'ici, jamais pacha n'a porté plus de trois queues ; sur ma demande le sultan vous en accordera quatre, et même cinq, pour peu que vous fassiez mine de le désirer. Qu'est-ce que vous répondez à cela ? et il me regarda malicieusement en clignant l'œil gauche.

— Voici ce que je réponds, lui dis-je du ton le plus sérieux ; je commence par vous remercier bien sincèrement.

— Venez au fait !

— Hé bien, si flatté que je sois de vos offres, il m'est impossible de les accepter.

— Vous réfléchirez.

— C'est tout réfléchi.

— Et peut-on connaître vos raisons ? me demanda Estourbi-Pacha, devenu subitement d'une froideur glaciale.

— Mes raisons, les voici. Je suis attaché par les liens de la reconnaissance à l'auguste souveraine de toutes les Russies.

— N'est-ce que cela ? dit-il avec un rire ironique, nous vous attacherons à l'auguste souverain de toutes les Turquies par des liens de reconnaissance dix fois plus forts que ceux-là : un clou chasse l'autre.

— Tous mes amis, ajoutai-je, sont du côté des Russes.

— Rien de plus facile que de faire de nouvelles connaissances. Nous deux, ne sommes-nous pas déjà ce qu'on peut appeler une paire de vieux amis ?

— Enfin, les Turcs ne sont pas chrétiens.

— Soyons sérieux, me dit cet infidèle avec un rire affreux.

— Je suis on ne peut plus sérieux.

— Soit ! Puisque vous êtes sérieux, raisonnons sérieusement. Moi qui suis Turc, je consens à prendre un chrétien à mon service ; pourquoi ce chrétien se montrerait-il plus dégoûté que moi ? Je vois que cet argument n'a pas l'air de vous convaincre ; je tâcherai d'en trouver qui soient plus convaincants. Vous êtes mon prisonnier.

— Je le sais.

— Je puis vous faire jeter en prison.

— Je ne l'oublie pas.

— Décoller, étrangler, empaler !

— C'est vrai.

— Et ne sentez-vous pas que vos scrupules commencent à s'évanouir ?

— Non ! »

» Il frappa trois fois dans ses mains, et je vis entrer trois esclaves noirs. Le premier portait un cimeterre fraîchement aiguisé ; le second un lacet noué en nœud coulant ; le troisième une longue barre de fer, terriblement pointue, dont je devinai aussitôt l'usage. Dix soldats accompagnaient les esclaves noirs pour leur prêter main-forte ; ils étaient commandés par un officier subalterne.

» Alors Estourbi-Pacha, se tournant vers moi, leva en l'air l'index de la main gauche et me dit : « Est-ce décidément oui ou non?

— C'est non, répondis-je d'une voix indistincte, » car, je l'avoue, ma chair se révoltait à l'approche du supplice, quoique mon âme ne fût point ébranlée.

« Qu'on saisisse ce chien, » dit-il, en m'allongeant un coup de pied pour me marquer son mépris.

» Et l'on saisit « ce chien ».

« Qu'on dépouille ce chien de ses riches habits et qu'on le revête de haillons. »

» On dépouilla « ce chien » de ses riches habits et on le revêtit de haillons.

» Qu'on l'empale, qu'on le décolle, qu'on l'étrangle ! »

— Entendre c'est obéir, dit l'officier subalterne ; mais par où plaît-il à Votre Seigneurie que nous commencions? »

» Pendant ce dialogue, les esclaves noirs roulaient des yeux diaboliques et riaient d'une oreille à l'autre, ce qui découvrait toutes leurs dents. Le premier me montrait de loin que son cimeterre avait le fil, le second faisait jouer le nœud de son lacet avec une merveilleuse dextérité, le troisième louchait en regardant de trop près la pointe de son pal.

» Mais je m'aperçois que M. le docteur tombe en faiblesse, et que vous-mêmes, messieurs, vous paraissez profondément émus. Administrons une bonne petite dose de julep à notre patient et réconfortons-nous nous-mêmes. Là, voilà qui est fait !

» Estourbi-Pacha entra en fureur en voyant que l'on discutait ses ordres, et, pendant une minute, l'officier subalterne eut autant de raisons de craindre pour sa vie que moi pour la mienne. Mais si Estourbi était irascible, il était encore plus avare.

» Au lieu donc de me faire étrangler, décoller et empaler, il me vendit le prix qu'il put. Ce prix ne dut pas être fort élevé, si j'en juge par l'emploi que me donna mon nouveau maître, l'intendant d'une des résidences d'été du sultan.

» Comme le sultan était très-friand de miel, on élevait pour flatter son goût d'immenses essaims d'abeilles. Il ne pouvait manger à lui seul tout ce miel ; mais les seigneurs de son entourage lui faisaient leur cour en mangeant du miel par quantités effroyables, même ceux qui ne pouvaient pas en souffrir l'odeur.

» Je fus préposé à la garde des abeilles du roi. C'est moi qui les menais butiner aux champs et qui les ramenais le soir. L'intendant les comptait au retour, et j'avais été averti d'avance que si jamais il en manquait une seule, je recevrais mille coups de bâton sur la plante des pieds. Le donneur de bastonnade était un colosse que l'on nommait Tape-Salé, et l'on eut soin de me faire savoir que mon prédécesseur, condamné à recevoir mille coups de bâton, avait succombé au cent vingt-cinquième.

» Un jour, en comptant mes essaims avant de les ramener, je remarquai qu'il me manquait une abeille. Je me mis à courir la campagne, et au bout de quelque temps j'aperçus la malheureuse abeille dans un cruel embarras. Comme elle avait les pattes surchargées du pollen des fleurs, elle ne pouvait s'élever qu'à quelques pieds de terre.

» Deux ours, attirés par l'odeur délicieuse qu'elle répandait autour d'elle, lui barraient le passage, avec l'intention évidente de la dévaliser. Ils se tenaient debout tous les deux et s'efforçaient d'attraper l'abeille avec leurs grosses pattes.

» Je n'avais pas d'armes, car je ne puis compter pour une arme la petite hachette d'argent que je portais sur moi, comme symbole de mes fonctions. Quand mes abeilles s'égaraient, je n'avais qu'à montrer ma hachette à tous ceux que je rencontrais; ils étaient forcés de se joindre à moi jusqu'à ce que toutes les abeilles fussent ramenées au bercail.

» Je criai de toutes mes forces pour effrayer les deux ours; mais ils étaient si acharnés après l'abeille qu'ils ne m'entendirent même pas. Tirant alors ma hachette d'argent de ma ceinture, je la leur lançai de toutes mes forces. La hachette atteignit l'un des ours à l'épaule; de là elle rebondit sur la mâchoire de l'autre et lui administra un soufflet si violent, que j'entendis ses dents craquer. Chacun des deux ours crut avoir été frappé par son camarade, et ils se mirent à se déchirer avec fureur.

» L'abeille profita de cette diversion pour passer. Comme je vis qu'elle était très-fatiguée, je lui tendis le doigt en lui disant : « Repose-toi, ma mignonne, et ne t'inquiète de rien, c'est moi qui te rapporterai à la ruche! » Elle se posa gentiment sur mon doigt, et je vis que j'avais bien fait de ne pas lui laisser continuer son chemin. Elle était haletante, son petit cœur battait à se rompre. Elle eut même une faiblesse, et je la réchauffai dans le creux de ma main.

» Cependant les deux ours se battaient avec une rage si aveugle, qu'au bout d'une heure ils s'étaient entre-déchirés. Des débris de poils, de peau, de chair et d'os jonchaient le sol; il ne restait plus rien des deux ennemis de ma petite abeille, absolument rien que les deux queues; encore continuaient-elles la lutte avec acharnement. Comme il se faisait tard et que je ne voulais pas avoir affaire à Tape-Salé, je ne pus voir la fin de la lutte, je ramassai ma hachette et je rentrai au logis juste comme on fermait les portes. »

XIX

Les animaux comprennent le langage des hommes. — Le Baron exprime des idées poétiques dans un langage fleuri. — Le réséda turc. — Le *Sélénophile*. — Mœurs des habitants de la lune. — Fin tragique d'un ours qui aimait trop le miel.

« Qu'est-ce à dire, messieurs, demanda tout à coup le Baron, en interrompant brusquement son récit, je vous vois tout interdits, et vous échangez des regards que j'aurais le droit d'interpréter comme des signes d'incrédulité. Jahu ! »

Jahn se leva et mit sa main droite sur son cœur comme pour prêter serment.

« Monsieur le Baron, dit sir Lewis en faisant signe à Jahn de se rasseoir, votre hachette d'argent ne sauta donc pas dans la lune, et vous ne fûtes donc pas obligé de l'y aller chercher?

— Qui vous a fait un pareil conte? demanda le Baron en fronçant le sourcil.

— Je l'ai lu dans les gazettes.

— Et nous aussi, dirent les deux autres savants.

— Voilà, reprit sir Lewis, pourquoi nous échangions des regards de surprise. »

Le Baron croisa ses deux bras sur sa poitrine comme pour comprimer la généreuse indignation dont elle s'était subitement gonflée. « Et voilà comme on écrit l'histoire ! » s'écria-t-il en secouant la tête à plusieurs reprises. « Sans mentir, le monde est bien pervers, et l'on me fait une belle réputation. Depuis quand voit-on des hachettes d'argent ou d'or s'envoler dans la lune? Est-ce qu'on se figure que je suis né sur les bords de la Garonne, et prétend-on me confondre avec le trop fameux baron de Crac? Cela n'est pas tolérable. Je ne saurais trop remercier la Providence, qui vous a inspiré le désir de venir à moi. Vous êtes des hommes sensés, instruits, judicieux, et votre témoignage me sera précieux auprès de la postérité. Non, ma hachette ne sauta point dans la lune, par la raison toute simple que cela est impossible; non, mille fois non, je n'allai point la chercher dans la lune, par la raison toute simple que je ne connaissais pas encore le moyen d'y monter. »

Pendant que ces messieurs prenaient par écrit acte de ses déclarations, le Baron arrosa son indignation d'un grand verre de julep, et reprit la parole avec un peu plus de calme.

« Messieurs, on a bien raison de dire qu'un bienfait n'est jamais perdu. La petite abeille que j'avais sauvée d'une mort certaine, et que j'avais ensuite réchauffée dans le creux de ma main, fut si touchée de ce procédé, qu'elle venait souvent bourdonner autour de mes oreilles. Je ne compris d'abord rien du tout à son petit langage, mais peu à peu je parvins à l'interpréter d'une façon satisfaisante. Les animaux comprennent le langage des hommes, mais les hommes ne comprennent pas le langage des animaux, parce que notre race manque de justice et surtout de bonté envers la leur, et qu'ils se cachent de nous.

— Je l'avais toujours soupçonné, dit vivement le docteur Kornelissohn, et je m'empare avec empressement et avec reconnaissance du témoignage de M. le Baron.

— Ma petite amie, me voyant triste et abattu, me racontait les belles légendes des fleurs. Je ne connais rien au monde qui soit plus naïf et plus touchant, et je m'oubliais des journées entières à l'écouter, car elle m'entretenait sans négliger sa tâche; en effet, les abeilles ont le talent de travailler tout en parlant.

» Je suis, messieurs, d'un caractère peu rêveur et d'un naturel peu poétique. Mon maître de belles-lettres, le célèbre Ravisius Textor, me le reprocha bien souvent, et même plus d'une fois me fustigea d'importance; car il était de l'ancienne école. Eh bien, quand je causais avec ma petite abeille, mes idées avaient tout de suite quelque chose d'aérien, d'ailé, de poétique; le monde changeait d'aspect, et toutes mes pensées prenaient leur essor vers les régions de l'espérance.

8

— Que ces choses-là sont galamment dites ! » marmota le docteur à demi-voix, mais assez haut cependant pour être entendu.

Le Baron rougit comme un jeune poète dont on loue les vers et poursuivit : « La nuit, on barricadait les ruches, à cause de certains lézards qui venaient rôder autour, et qui sont très-friands de miel, de cire et surtout d'abeilles. Une fois mon amie renfermée pour la nuit, j'étais abandonné à moi-même ; le désespoir me reprenait et je me voyais condamné à traîner jusqu'à ma mort une vie de honte et de misère.

» Je fis part de mon chagrin à Lissa (elle s'appelait Lissa). « J'aurais dû, me dit-elle, songer à cela plus tôt. Regardez bien cette plante sur laquelle je travaille en ce moment. Vous en cueillerez les feuilles à la nouvelle lune, vous les écraserez entre deux pierres et vous vous en frotterez le front, la paume des mains et la plante des pieds. Vous sentirez aussitôt votre corps devenir tellement léger, que vous pourriez vous envoler comme nous, si vous aviez des ailes.

» Mais puisque la nature vous a refusé des ailes, sachez que vous pourrez vous élever aussi haut que vous voudrez sur le plus frêle appui, et cela avec la rapidité de la pensée. Suivez-moi maintenant. »

» Je la suivis, et elle se posa sur une fleur qui a beaucoup d'analogie avec celle de notre pois de senteur.

« Vous prendrez, me dit-elle, la graine de cette plante et vous la mettrez en terre exactement dans l'intervalle qui sépare le jour de la nuit. Aussitôt elle s'élèvera, et à mesure qu'elle s'élèvera, vous monterez le long de la tige. Semée à l'heure que je vous ai dit, cette plante a coutume de monter jusqu'à la lune. Le voyage vous distraira et vous fera du bien, sans compter que vous verrez dans la lune cent choses fort curieuses, qui ne vous laisseront pas le loisir de vous appesantir sur votre situation. Les *Lunatiques* sont de braves gens, je le sais par quelques-unes de nos sœurs qui ont eu la curiosité de voyager dans ce pays-là. La condition des abeilles serait bien meilleure chez les *Lunatiques* que chez les hommes, car ils sont justes et bons pour les animaux. Mais comme ils ne mangent ni ne boivent, ils n'ont pas besoin de notre miel, tandis qu'il est utile et agréable aux hommes. Nous avons été créées pour nous rendre utiles, et nous manquerions à notre premier devoir si nous ne songions qu'à notre agrément.

— Une grande âme dans un petit corps ! dit mynherr van Gossipius avec son flegme habituel.

— C'est justement ce que je pensais en écoutant Lissa, ajouta le Baron. Mais je me gardai bien de le lui dire ; on ne se figure pas à quel point les abeilles sont modestes.

» Ce soir-là justement c'était la nouvelle lune ; je fis une ample provision des feuilles de la première plante, qui est le réséda turc, et des graines de la seconde, qui s'appelle, je crois, *sélénophile ;* tout se passa comme l'abeille me l'avait prédit. Je trouvai que les *Lunatiques* étaient des gens gais, aimables, hospitaliers. On ne se rassembla pas autour de moi quand je fis mon apparition ; on ne me demanda pas qui j'étais, d'où je venais, où j'allais, ni quelles étaient

s intentions. Je tombai au milieu d'une société où l'on riait et où l'on racontait cent folies plus drôles du monde et qui cependant étaient fort instructives.

— Est-il vrai, demanda sir Lewis, que ces gens-là portent leur tête à la main?

— Encore quelque invention de ces maudites gazettes, dit le Baron avec douleur. « Ces is-là » sont faits à l'image de Dieu, comme nous, si ce n'est qu'ils sont plus grands, plus iux et mieux faits que nous; cela vient de ce qu'ils ne sont sujets à aucun des vices et à cune des passions qui déforment le corps humain et altèrent la physionomie humaine. Ils sont pas astreints à la nécessité de boire et de manger. Ils déjeunent de bâiller et dînent ronfler, d'où est venu le proverbe : Qui dort dîne.

» Pour le déjeuner et pour le dîner seulement, chacun se retire dans sa chambre, parce i'ils estiment que l'action de bâiller et celle de ronfler ne sont point de bonne compagnie. ut le reste du temps ils le passent ensemble, dans une allégresse de cœur qui s'accroît en oportion du nombre des personnes présentes.

» Leurs connaissances sont si étendues, qu'ils n'ont jamais besoin de recourir à la médi- nce pour entretenir la conversation. Ils ne se font point de visites, dans le sens où nous ntendons; mais chacun, selon son caprice du moment, passe d'une société à une autre, cueillant la fleur de la conversation, les bons mots, les fines réparties, les récits touchants. amais je n'ai ri de si bon cœur, jamais je n'ai versé de si douces larmes que chez eux. Je vous épeindrai les *Lunatiques* d'un seul mot, en vous disant qu'ils ne disent jamais de mal de urs gouvernants.

» Nulle part je ne trouvai chez eux trace de montre ou de pendule ou d'horloge. Ils n'en nt en effet nul besoin, parce que chacun a toujours conscience de l'heure qu'il est exacte- nent. Voici comment je m'en aperçus. Comme on ne m'avait point fait de questions, je m'étais ut de suite senti porté à la confiance et j'avais raconté mon histoire à ces aimables gens. un certain moment, l'un de mes voisins me dit, après avoir posé sa main sur sa poitrine :

Ami, je sens qu'il est telle heure ici, ce qui correspond à telle heure sur la terre. Il est emps que tu retournes à ton devoir. »

» Je ne pus m'empêcher de lui témoigner ma surprise, car il me semblait que je venais eulement d'arriver. « Ce que c'est, lui dis-je, que de passer son temps en aimable compa- gnie. » Personne n'eut l'air de m'entendre, et je remarquai que presque tout le monde létournait la tête.

» Mon voisin me dit à l'oreille : « Ami, j'espère te revoir souvent ici; permets-moi de te lonner un bon conseil. Tu viens de nous faire ce que l'on appelle un compliment. Tu as pu remarquer que les gens de ce pays-ci ne se font jamais de compliments; ils s'estiment trop pour cela. N'en fais plus désormais, nous t'en saurons gré. Au revoir! »

» Je redescendis sur terre en moins d'une minute, et je me rendis aussitôt à mon devoir, comme me l'avait recommandé le bienveillant *Lunatique*. J'étais aussi frais et aussi dispos que si j'eusse dormi toute la nuit.

» Je renouvelai chaque soir mes visites à mes nouveaux amis, et chaque nuit me parut durer quelques minutes. Je m'aperçus bientôt que mon arrivée était attendue avec impatience, et que l'on prenait grand plaisir au récit de mes aventures. Je sus, par l'indiscrétion d'un petit enfant, que les *Lunatiques*, en mon absence, disaient de moi le plus grand bien du monde, et que ce qui leur plaisait en moi, c'était ma sincérité et mon amour de la vérité.

» Cependant j'étais très-appliqué à mes devoirs terrestres, et très-bien secondé par Lissa, qui me donnait du courage et remplissait volontairement auprès de mes troupeaux d'abeilles le même rôle que le chien de berger auprès du troupeau de moutons. L'intendant faisait sur mon compte les rapports les plus favorables, et Tape-Salé lui-même me traitait avec déférence. Les ours seuls me donnaient du tracas et de l'inquiétude. Ils étaient fort nombreux cette année-là, et comme il y avait eu une épizootie sur les abeilles sauvages, ils ne trouvaient plus de miel dans le creux des arbres et des rochers, et venaient rôder par bandes autour de mes ruches.

» Je recourus alors au procédé que l'on emploie pour empêcher les bandes de moineaux de piller les champs et les vergers. On en tue un et on le pend par la patte pour épouvanter les autres.

» J'enduisis de miel le timon d'un de nos chariots que je laissai exprès dans une cour extérieure, où les ours pouvaient avoir accès. Un ours de belle taille s'en vint rôder par là la nuit suivante; il lécha le timon du chariot avec une avidité si gloutonne qu'il se le passa à travers la gorge, puis à travers l'estomac, puis à travers le reste du corps. Aussitôt que le bout du timon ressortit de l'autre côté, j'enfonçai une longue cheville de bois dans un trou que j'y avais percé d'avance.

» Quand l'ours voulut partir, il se trouva bien empêché. Il rugissait, il piétinait, il s'agitait, mais en vain. S'il reculait, le chariot le suivait; s'il poussait en avant, le chariot le précédait, mais il ne pouvait se séparer du malencontreux chariot. Le sultan, averti de ce qui se passait, vint avec ses courtisans assister à ce curieux spectacle et pensa mourir de rire.

» Les courtisans, pour lui complaire, poussèrent de véritables hurlements de joie. L'ours, épouvanté, se sauva dans la campagne, poussant devant lui son chariot, comme les marchandes d'herbes, de fruits et de poissons poussent leur baquet à travers les rues des villes. Le chariot finit par culbuter dans une marnière, avec le timon en l'air, et, comme le fit observer un Turc facétieux, l'ours se trouva empalé à l'envers.

» La nuit suivante, il poussa des rugissements si plaintifs, que tous les ours de la province vinrent flairer au bord du trou, fort étonnés de ce qu'ils voyaient et de ce qu'ils entendaient. Ils tinrent conseil au coin d'un bois et jugèrent prudent d'aller chercher fortune ailleurs.

» Je ne suis pas un *Lunatique*, ajouta le Baron d'un air à la fois aimable et fin, mais j'ai conscience qu'il est l'heure de se coucher. Deux heures! reprit-il après avoir tiré sa montre de la poche de son gilet. Quand dormirons-nous? Monsieur le docteur, toutes mes excuses pour avoir fait veiller si tard un pauvre malade!

— Le plaisir de vous entendre l'a presque complétement guéri, » répliqua le malade en inclinant la tête et en pliant péniblement l'échine.

Le Baron menaça le malade du bout de son index : « Vous oubliez, docteur, lui dit-il, malicieux, que les *Lunatiques* ne se font point de compliments. »

Cette délicate allusion aux mœurs des *Lunatiques*, qui contenait un compliment en ayant l'air de répudier les compliments, fut saisie de tout le monde, et le Baron se retira au bruit d'un murmure approbateur.

XX

Libre ! — Un singulier phénomène produit par le froid. — Le Baron transporte ses voitures sur son dos et ses chevaux sous son bras, pour céder le pas à des dames, dans un chemin trop étroit. — Il fait une visite à ses tantes. — Il embroche neuf perdrix d'un coup avec la baguette de son fusil.

« Par ma pipe! dit le Baron en ouvrant la séance, j'ai, messieurs, un aveu pénible à vous faire. J'étais esclave, et cependant j'étais heureux! Semblable à ces personnages de l'antiquité qui oubliaient leur pays, leur famille, leurs enfants et jusqu'à leur propre nom, quand ils avaient mangé du...

— Du lotos; c'étaient les *lotophages*, suggéra avec empressement le naturaliste Kornelissohn.

— Bien grand merci! dit le Baron. Je ressemblais justement à ces *lotophages*, et je ne songeais plus ni à ma patrie, ni à mes compagnons d'armes, ni à la liberté, ni à la gloire, lorsque la nouvelle se répandit que la paix était faite entre les Russes et les Turcs, et que l'impératrice de toutes les Russies avait posé pour première condition la mise en liberté de tous les officiers pris à la guerre, moyennant rançon, cela s'entend.

» L'intendant me tourna un beau compliment oriental, en témoignant son regret de me voir partir. Tape-Salé me serra les deux mains en pleurant à la turque. La vaillante petite abeille fit très-bonne contenance et se réjouit de me voir sortir de la vie molle et efféminée que je menais depuis trop longtemps.

» Je partis aussitôt pour la Russie, afin de faire ma cour à la gracieuse souveraine qui venait de racheter ma liberté. L'hiver fut si rude cette année-là, que le feu gelait quand on l'allumait en plein air. Je voyageais en poste.

Mon postillon, quand on me le présenta, se précipita sur mes mains et les couvrit de baisers. C'était un de nos anciens hussards rouges. Il avait été dispensé du service, étant de ceux qui, pour avoir été trop bien nourris du produit de ma chasse, ne pouvaient plus entrer dans leurs vestes de hussards. Grâce à cette circonstance, il n'avait point été fait prisonnier. Il m'avoua ingénument qu'il préférait le métier de postillon à celui de hussard rouge. Il avait cependant conservé bon souvenir du vieux temps, comme il disait. Vingt minutes avant chaque relai, il sonnait sur la trompe la *Fanfare des hussards de Münchhausen;* et comme mon nom était beaucoup plus connu que je ne l'imaginais, nous trouvions toujours, en arrivant, le maître de poste qui nous attendait, le bonnet dans la main droite, un grand bol de thé au rhum brûlant dans la main gauche, et, à côté de lui, les palefreniers, la tête découverte, qui tenaient tout apprêtés les meilleurs chevaux de l'écurie.

» J'adressais un signe de tête au maître de poste, j'avalais en toute hâte le thé bouillant, je donnais de l'argent aux palefreniers pour boire à ma santé, et nous repartions au milieu des hurrahs!

» Le second jour, qui fut peut-être le plus froid de l'année, je fus fort surpris de ne point entendre le son de la trompe avant le premier relai.

» Le postillon m'expliqua qu'il avait soufflé de toutes ses forces dans le maudit instrument et qu'il n'en avait pu tirer aucun son. A chaque relai il fit une nouvelle tentative, et chaque fois la trompe resta muette.

» A la fin de la journée, nous nous mîmes à table dans une salle bien chauffée, et le postillon suspendit sa trompe au manteau de la cheminée. Tout à coup, au moment où nous y attendions le moins, la trompe se mit à sonner toute seule, d'abord la *Fanfare des hussards de Münchhausen*, ensuite presque tous les airs populaires de la Russie. Elle s'arrêta, enfin, et nous crûmes que tout était fini, lorsqu'elle se mit à prononcer très-distinctement les paroles suivantes : *Maudite trompe! chienne de trompe! que va penser de moi M. le Baron?*

» Le postillon m'avoua qu'il avait prononcé ces paroles après sa dernière tentative pour sonner de la trompe.

« Tout s'explique le plus naturellement du monde, dis-je aux gens de l'hôtellerie qui croyaient que la trompe était fée et se signaient déjà, courbés devant les saintes images. Il faisait si grand froid dehors que tous les airs se sont gelés dans la trompe. Mon ami, dis-je au postillon, tenais-tu l'embouchure rapprochée de tes lèvres quand tu as dit : *Maudite trompe! chienne de trompe! que va penser de moi M. le Baron?*

— Oui, oui, je m'en souviens bien, me répondit-il.

— Tes paroles, dis-je alors, ont pénétré dans l'instrument et y ont gelé les dernières, voilà aussi pourquoi elles ont dégelé les dernières, et seulement lorsque le passage a été libre.

— Monsieur le Baron, dit sir Lewis, tout le monde sait que votre parole n'a besoin d'être confirmée par aucun témoignage. Je ne citerai donc que pour mémoire un fait semblable raconté par le célèbre Alcofribas Nasier, en son vivant, abstracteur de quintessence, l'auteur le plus véridique qui ait jamais tenu une plume. Dans une bataille qui fut livrée en plein hiver, les paroles et les cris des combattants gelèrent en l'air, et ne commencèrent à dégeler qu'au printemps suivant, au grand effroi d'abord, et ensuite au grand ébattement des personnes qui se trouvaient là présentes. »

Le Baron sourit à sir Lewis, et adressa aux autres savants un regard qui disait clairement : « Là, qu'est-ce que je vous disais ! » Ensuite il continua son récit.

« Je passai l'hiver à la cour, au milieu des fêtes et des réjouissances ; mais au retour du printemps, je jugeai qu'il était temps d'aller rendre visite à mes tantes, qui représentaient pour lors toute ma famille, car j'avais eu depuis longtemps le malheur de perdre mon père et ma mère.

» Je partis donc, et comme j'étais pressé de présenter mes devoirs à ces chères vieilles demoiselles, je mis bien des chevaux sur les dents.

» Un jour je m'engageai, pour couper au plus court, dans un chemin étroit, bordé de talus, de barrières et de haies très-élevées. Il n'y avait passage que pour une seule voiture. Au bout d'une grande heure, mon postillon me dit qu'une autre chaise de poste venait à notre rencontre.

« Sonne, lui dis-je, la *Fanfare des hussards de Münchhausen*, ces gens-là comprendront ce qu'il leur reste à faire. Mon ancien hussard sonna aussitôt de la trompe. L'autre voiture s'arrêta brusquement : « Monsieur le Baron, me dit le postillon, en se tournant de côté sur son cheval, je vois qu'il y a des dames dans l'autre chaise de poste. »

» Sans m'informer si les dames étaient jeunes ou vieilles, laides ou jolies, je sautai à terre et je dis au postillon : « Laisse-là tes chevaux et cours vite présenter à ces dames les humbles hommages du Baron de Münchhausen ; dis-leur de ne pas se déranger : nous leur céderons le pas ! »

» Calculant qu'il nous faudrait aller à reculons pendant plus d'une grande lieue, le postillon me regarde d'un air stupéfait ; néanmoins il se hâta de m'obéir.

» Pendant qu'il trottinait avec ses grandes bottes, je lui jouai un bon tour dont il ne se doutait guère. Je pris tranquillement ma voiture sur mon dos et, franchissant fossés, barrières et talus, je l'emportai furtivement, en me faufilant derrière les haies, à travers champs, au delà de la voiture où étaient les dames. Je revins ensuite chercher les deux chevaux, j'en pris un sous chaque bras ; je riais tout bas du succès de ma ruse, lorsque l'un des deux chevaux, qui était ombrageux, se mit à ruer. Comme il s'empêtrait les jambes de derrière dans les barrières et dans les broussailles, je lui mis les deux pieds dans une de mes poches, et il demeura parfaitement tranquille.

— Tel on vit Milon de Crotone porter un bœuf pour son agrément particulier, afin de prendre de l'exercice et de gagner de l'appétit. » Cette excellente saillie partait de la bouche du docteur Kornelissohm.

« Allons, dit le Baron, notre malade va mieux, puisqu'il a le mot pour rire ; nous voyons par là que le julep de sir Lewis est un remède souverain. Traitons-nous donc par le julep, en vue des maux à venir. »

Tous ces messieurs suivirent son avis et se traitèrent aussitôt par le julep. Le Baron ayant fait claquer ses lèvres reprit aussitôt pour ne point perdre de temps. « J'arrivai enfin chez mes tantes, et pendant tout mon séjour je leur tins fidèle compagnie, comme c'est le devoir d'un bon neveu. Je ne leur contais de mes aventures que celles qui n'étaient pas de nature à les émouvoir trop fortement, car elles étaient très-âgées et avaient toujours eu une santé délicate. Ce qui les charma le plus, ce fut le bon sens de Lissa, son courage, sa droiture, son activité, ses connaissances en botanique et la tournure poétique de son esprit.

» Mes deux tantes avaient fait des vers dans leur jeunesse, peut-être en faisaient-elles encore pour occuper leurs loisirs; mais ce n'est qu'une supposition.

» M'ayant connu tout petit, elles conservaient l'habitude de me parler comme à un enfant, et me recommandaient de ne pas boire trop frais quand j'avais chaud, et de ne pas jouer avec les armes à feu.

» Quelquefois le matin, avant leur lever, je m'en allais faire un petit tour dans la campagne, emportant mon fusil par pure habitude, comme on emporte sa canne.

» Je vis un matin, dans un chaume, une compagnie de perdrix. Ces bonnes petites bêtes trottinaient à la file tout le long d'un sillon. Je fouillai dans la poche de mon gilet et j'y trouvai la valeur d'une pincée de poudre, mais je n'avais pas de plomb. Pour remplacer le plomb absent, j'eus l'idée de glisser dans le canon la baguette de mon fusil. Quand je fus prêt, je poussai un cri, et les perdrix s'envolèrent, dans l'ordre même où elles étaient posées par terre. Je les transperçai toutes de ma baguette de fusil; il y en avait neuf.

— Belle brochette! dit le docteur Kornelissohn; il n'y avait plus qu'à les mettre devant le feu, sans les débrocher.

— Cela n'était même pas nécessaire, répondit le Baron. La baguette du fusil s'était échauffée en sortant du canon, et quand je ramassai mes perdrix, elles étaient cuites à point, il n'y avait plus qu'à les déplumer. Mes tantes, charmées de mon adresse, ne me grondèrent pas trop de mon escapade. Je dus cependant, pour leur faire plaisir, reléguer mon fusil au grenier jusqu'à la fin de mon séjour sous leur toit hospitalier. »

XXI

« Faut-il le dire, messieurs? et pourquoi ne le dirais-je pas, puisque c'est la vérité? Je commençais à m'ennuyer un peu chez mes bonnes tantes, lorsque je reçus un petit billet du général Elliot. Ce billet courait depuis longtemps après moi, car le général avait mis pour toute suscription : « A M. le Baron de Münchhausen, en Europe. » Le billet n'était pas long, et je puis facilement vous le citer de mémoire : « Si vous êtes de loisir et si vous aimez toujours les aventures, venez me voir à Gibraltar, — à vous, — général Elliot. »

— Gibraltar? où prenez-vous Gibraltar? » me demanda l'aînée de mes tantes. « Il faut vous dire, messieurs, que l'on négligeait furieusement l'instruction des demoiselles de bonne maison, du moins dans la province, à l'époque lointaine où mes bonnes tantes étaient encore des jeunes filles. Il était même du meilleur ton de savoir très-peu d'orthographe et pas du tout de géographie.

» Afin de ne pas effrayer mes tantes, qui auraient été capables de m'enfermer pour m'empêcher de partir, j'altérai quelque peu la vérité. Que la franchise de mon aveu vous dispose à l'indulgence. Je mentis ce jour-là pour la première et dernière fois de ma vie. Je répondis donc à ma tante aînée que Gibraltar était un très-grand château que le général Elliot occupait en Espagne.

— Je n'ai jamais aimé les châteaux en Espagne, dit ma tante cadette en pinçant les lèvres. Et de quelle nature, s'il vous plaît, monsieur mon neveu, sont les aventures auxquelles le général fait allusion?

— Je ne le sais pas plus que vous, répondis-je effrontément; tout ce que je puis vous dire, c'est que le général Elliot est un grand pêcheur et un grand chasseur devant l'Éternel, que Gibraltar est au bord de la mer et entouré de bois remplis de gibier. Notez, messieurs, que j'étais fort au courant des affaires de l'Europe, et je savais parfaitement que le général Elliot défendait Gibraltar contre le comte d'Artois. Quant au gibier, j'en parlais simplement pour la vraisemblance; depuis que j'ai vu Gibraltar, je sais qu'on n'y trouve guère d'autre gibier que des singes. »

» J'allai donc à Gibraltar. Le premier soin du général Elliot fut de me faire copieusement déjeuner, ensuite il me conduisit dans les batteries et me prêta une grande lunette d'approche. Je vis tout de suite que les ennemis pointaient un fort gros canon sur nous.

« Elliot, dis-je au général, prêtez-moi une pièce de quarante-huit. »

» Il envoya un aide de camp porter ses ordres aux canonniers.

« Toute chargée, » lui dis-je.

» Il envoya un second aide de camp.

« Chargée à double charge, s'il vous plaît. »

» Il envoya un troisième aide de camp.

» Je pointai la pièce moi-même, et je dis à l'un des canonniers de se tenir près du canon, la mèche allumée. Cependant j'observais toujours les ennemis. Quand je vis qu'ils approchaient la mèche de la lumière de leur canon, je criai feu.

» Les deux boulets se rencontrèrent à moitié chemin; le nôtre renvoya le leur sur leur pièce, où il tua tous les servants et une douzaine d'officiers; puis il continua sa course, rasa les mâts de deux vaisseaux, en coula bas trois autres avec tout l'équipage, et ricocha sur la côte d'Afrique, où nous le vîmes soulever des nuages de sable à chaque bond qu'il faisait. Quand les nuages de sable se furent dissipés, nous comptâmes près de trois mille Barbaresques couchés par terre, tout le long de la ligne qu'il avait suivie. Ceux qu'il n'avait pas tués, il les avait éclopés, et ils fuyaient dans toutes les directions, en levant les mains au ciel.

« C'est bien fait, dit sir Lewis, car ces Barbaresques ne sont que d'infâmes pirates.

» A la fin nous perdîmes notre boulet de vue; mais nous sûmes plus tard qu'il avait continué ses ravages l'espace de trois grandes lieues.

— Tant mieux! tant mieux! monsieur le Baron, tuez-les par centaines de mille pendant

9

que vous y êtes. Plus vous en tuerez, moins il en restera de ces écumeurs de mer ! »

Le Baron sourit d'un air mystérieux et reprit aussitôt : « Tant qu'on avait pu voir le boulet, tout le monde avait gardé le plus profond silence. Je me tournai alors vers le général Elliot et je lui dis : « Eh bien ?

— Pas trop mal pour un colonel de cavalerie, me répondit-il en me serrant la main d'une façon significative.

— On tâchera de faire mieux une autre fois, lui répondis-je modestement.

— Je ne crois pas, me dit-il en me tirant à part, que vous ayez souvent l'occasion de renouveler votre exploit.

— Pourquoi?

— Parce que!

— Mais encore?

— Qui vivra verra.

— Vous piquez singulièrement ma curiosité. Est-ce donc un secret d'État?

— C'est tout simplement une surprise que je vous ménageais ; mais puisque vous êtes si curieux et si impatient, suivez-moi. »

» Je le suivis jusque dans son appartement ; il me fit asseoir et dit à un de ses aides de camp : « Envoyez-moi le grenadier Selkirk. »

» Au bout de cinq minutes apparut le grenadier Selkirk : il se tint debout sur le seuil de la porte, roide et immobile. C'était un très-beau soldat, avec une figure énergique et intelligente.

» Ferme la porte derrière toi et avance de cinq pas, » lui dit Elliot d'une voix brève.

» Le soldat ferma la porte qui séparait le salon des aides de camp du cabinet du général et s'avança de cinq pas.

« Tu vas déserter, lui dit le général.

— Oui, mon général, répondit le soldat sans sourciller.

— Connais-tu le gentleman que voici?

— Oui, mon général, c'est M. le Baron de Münchhausen.

— Lorsqu'on t'arrêtera aux avant-postes, on te conduira au comte d'Artois ; tu lui diras que M. le Baron de Münchhausen est avec nous.

— Oui, mon général.

— Sais-tu ce que vient de faire M. le Baron de Münchhausen?

— Oui, mon général.

— Non, tu ne le sais pas. »

» Le soldat Selkirk, sans changer de position, jeta un regard perçant sur le général et dit : « Non, mon général, je ne le sais pas.

— Tu crois que M. le Baron a tiré avec un canon de quarante-huit, avec double charge de poudre ; eh bien, tu te trompes ; entends-moi bien, tu te trompes. M. le Baron de Münchhausen a tiré avec un canon de deux cent vingt-quatre, et il n'a mis que quart de charge.

C'était un simple essai que M. le Baron voulait faire. Mais, dès demain, les ennemis auront de nos nouvelles; nous mettrons en batterie quinze canons du même calibre, qui ont été coulés sous les yeux de M. le Baron, et sur ses plans. Quelle que soit ton opinion personnelle et celle de toute la garnison sur l'exploit de M. le Baron, tu raconteras au comte d'Artois ce que je viens de te dire.

— Oui, mon général, répondit le grenadier en réprimant un sourire. Quinze canons de deux cent vingt-quatre!

— Va, et reviens, si tu peux.

— Je reviendrai. »

» Quand le soldat eut refermé la porte, Elliot me dit : « Eh bien, commencez-vous à comprendre?

— Votre fable des quinze canons n'est pas mal inventée, lui dis-je, mais je ne vois pas trop ce que mon nom vient faire dans tout cela.

— Parlez-vous sérieusement? me demanda le général d'un air surpris.

— Je parle le plus sérieusement du monde.

— Eh bien, permettez-moi de vous dire que vous seul en Europe ignorez la puissance de votre nom. Je savais bien ce que je faisais en vous invitant à venir ici! »

» Mais, messieurs, je vois que je m'oublie, et que cependant l'heure s'avance. Nous en arriverions à ne plus nous coucher du tout. Jahn! mon manteau. »

Les trois savants supplièrent avec tant d'instances le Baron d'achever son récit, qu'il aurait eu mauvaise grâce à refuser.

« Eh bien donc, dit-il, puisqu'il faut vous satisfaire, voici ce qui arriva :

» Comme mon coup de canon avait été l'occasion de très-grandes réjouissances, et que nous étions restés fort tard à table, le verre en main, je dormis profondément le reste de la nuit et ne me réveillai qu'au grand jour.

» J'aperçus aussitôt le général Elliot, tranquillement assis dans un fauteuil au pied de mon lit. Il souriait en me regardant. Je lui souris aussi et je lui demandai de ses nouvelles.

« Bonjour, me dit-il en me tendant la main; bonjour, libérateur de Gibraltar; bonjour, vainqueur du comte d'Artois!

» Oh! continua-t-il d'un ton très-sérieux, ne prenez pas cet air piqué, et ne croyez pas que je veuille me jouer de vous. Levez-vous, et regardez par cette fenêtre. »

» Il me tourna le dos pendant que je faisais sommairement ma toilette; lorsque je fus en état de me montrer, il ouvrit la fenêtre toute grande, me tendit sa lunette d'approche et me répéta : « Regardez! »

» Je regardai, je me frottai les yeux, j'essuyai les verres de la lunette, je regardai encore : les lignes de l'ennemi étaient abandonnées, le siège était levé.

« Eh bien! me demanda le général.

— Eh bien! je vois que le siège est levé.

— Grâce à vous, mon bon ami.

— Rien ne le prouve. »

» Il se leva sans rien dire, ouvrit la porte et dit à quelqu'un qui se tenait dans le corridor : « Selkirk, avancez à l'ordre et fermez la porte. »

» Selkirk avança à l'ordre, ferma la porte et attendit immobile le bon plaisir de son général.

« Vous avez déserté, Selkirk ?

— Oui, mon général.

— Bien. Vous avez été conduit au comte d'Artois ?

— Oui, mon général.

— Racontez-nous ce qui s'est passé.

— Oui, mon général. Déserté à huit heures et demie ; pris à neuf heures ; conduit au comte d'Artois à neuf heures dix minutes. — Qui es-tu ? — Déserteur ! — Je me défie des déserteurs. — Vous avez raison en général. — Pourquoi as-tu déserté ? — Condamné à mort. — Pour quel crime ? — Frappé mon capitaine. — Qu'y a-t-il de nouveau là-haut ? — Quinze canons de deux cent vingt-quatre, comme celui dont on a fait l'essai aujourd'hui avec quart de charge. — Je me moque des quinze canons ! Et puis quoi encore ? — M. le Baron de Münchhausen est arrivé chez nous ce matin, et c'est lui qui a pointé le canon. — M. le Baron de Münchhausen est là-haut ? — Oui. — Tu en es bien sûr ? — Oui. — Mais là, bien sûr, bien sûr ? — Oui, je l'ai vu de mes propres yeux. — Tu seras pendu si tu as menti. Qu'on le mette en lieu de sûreté. » Durée de l'entrevue, sept minutes ; on me plaça entre quatre soldats ; mais comme mon escorte attendait des ordres, j'entendis, par la porte entr'ouverte, le comte d'Artois qui disait à ses amis : « A l'impossible nul n'est tenu ; du moment qu'ils ont le Baron de Münchhausen, nous devons nous attendre à quelque diablerie. Je le croyais à Saint-Pétersbourg. Je suis le gentilhomme le plus mal renseigné de toute l'Europe. Je ferai pendre quelqu'un. » Je n'en pus entendre davantage ; on m'emmena dans une tente où je fus gardé à vue. Une heure après tout le camp était en rumeur. Le comte d'Artois avait donné des ordres, et l'on se préparait à partir.

« Très-bien, dit le général. Mais répète-nous un peu ce que les soldats se disaient entre eux en faisant leurs paquets.

— Ils se disaient l'un à l'autre en riant (car les Français rient toujours) : « Dépêche-toi, car tu sais que le Baron de Münchhausen est là-haut. » Ils finirent même par appeler Son Excellence le Baron de Croquemitaine. J'ai profité du désordre pour gagner le large, et je suis rentré dans la citadelle à quatre heures du matin.

— Je ne t'oublierai pas, Selkirk.

— Merci, mon général.

— Tu peux te retirer. »

» Il se retira, et c'est ce que je vais faire moi-même, avec votre permission. Non, non, point de louanges, s'il vous plaît. Une fois pour toutes, conformons-nous aux usages de ces excellents *Lunatiques*, nos maîtres en savoir-vivre.

XXII

Ananias Twain. — Le Baron se plaint d'être diffamé par certains anonymes malveillants. — Les trois savants lui jurent de le défendre. — Sir Lewis Caruthers forma un jury pour juger les ennemis de la bonne renommée du Baron. — Déposition du témoin. — Silence du jury. — Très-éloquente tirade de M. le Baron. — Très-éloquent commentaire de sir Lewis. — Le Baron descend dans l'Etna. — Un inconnu assez gros, et, portant pour tout costume, un tablier de cuir, s'amuse à intriguer M. le Baron.

Le lendemain, comme le docteur Kornelissohn était complètement remis de son indisposition, les trois savants firent prévenir le Baron qu'ils iraient le trouver chez lui. A l'heure ordinaire, ils firent leur entrée dans le manoir, suivis du Pélican qui portait dans une hotte une énorme dame-jeanne chaudement enveloppée.

« Par ma pipe! dit le Baron, voilà mes bons amis. Entrez, messieurs; et qu'est-ce que j'aperçois encore? Sir Lewis, vous n'auriez pas dû... Cependant, puisque le voilà, ce merveilleux julep, traitons-le comme il convient. Jahn, vous savez comment on le réchauffe? Très-bien. Messieurs, quand nous nous sommes quittés hier, Gibraltar était débloqué. Il n'était plus question que de festoyer et de chasser le singe. Comme je ne suis ni grand festoyeur ni grand chasseur de singes, je pris congé du général et je résolus de voyager pour mon plaisir : c'est alors que j'allai aux Indes-Orientales avec le capitaine Hamilton.

» Quand je revins des Indes Orientales, mon nom était si connu de toute l'Europe que je ne pouvais faire un pas sans être arrêté par les curieux, questionné, tourmenté ; sans compter que les hôteliers me rançonnaient sans vergogne, sous prétexte que j'étais un grand personnage.

» Je coupai mes moustaches, je me fis passer pour un Anglais, et je voyageai sous le nom d'Ananias Twain[1]. Je comprends, messieurs, que les souverains se plaisent à voyager *incognito*. J'aime la gloire, je ne m'en cache pas; mais on arrive parfois à être véritablement fatigué de la gloire. Ananias Twain passait inaperçu là où Münchhausen aurait eu à ses trousses les bourgeois désœuvrés, les courtauds de boutique, les petits enfants des rues et jusqu'aux chiens errants.

» Je voyageai ainsi pendant près de quinze ans pour mon instruction et pour mon plaisir, laissant passer les aventures à ma portée sans daigner même étendre la main. Et puis (comme j'ai l'habitude de vous faire connaître le fond ma pensée) il y avait dans ma résolution un peu de misanthropie. Les écrivains qui ont raconté le siège de Gibraltar n'ont pas même cité mon nom. Elliot, qui aurait dû protester, a gardé le silence.

(1) Ce fait est confirmé par M. Marc Twain, le célèbre humoriste américain, dans son *Autobiographie*. Seulement M. Twain se trompe lorsqu'il compte Ananias Twain au nombre de ses ancêtres. Il reconnaît, il est vrai, qu'Ananias Twain et le baron de Münchhausen sont une seule et même personne ; mais il croit que Twain est le vrai nom et Münchhausen le pseudonyme. C'est le contraire qui est la vérité, comme nous l'induisons du témoignage du Baron lui-même, recueilli par les savants Kornelissohn, Caruthers et Gossipius.

» En revanche, on m'a attribué cent aventures extravagantes qui tendent à me faire passer ou pour un fou ou pour un menteur.

» Protestez, messieurs, inscrivez-vous en faux. je vous en supplie, contre toutes ces impostures et toutes ces niaiseries, et empêchez-les de passer à la postérité sous le couvert de mon nom.

— Comptez sur nous, monsieur le Baron, dirent les trois savants émus jusqu'aux larmes; nous protesterons, nous vous défendrons envers et contre tous.

— Vous me le jurez? » dit le Baron en se levant le verre en main.

Le verre en main, les trois savants se levèrent comme un seul homme et dirent d'une seule voix : « Nous le jurons!... » Une seconde après, les quatre verres étaient vides.

Sir Lewis posa la pointe de son coude sur la table, levant l'avant-bras; en même temps l'extrémité de son médius se rabattait sur son pouce, tandis que les autres doigts demeuraient écartés.

C'est la pose familière de tout orateur qui va commencer une argumentation sérieuse ou procéder à une importante énumération de faits ou de questions.

Cette pantomime produisit aussitôt son effet ordinaire. Par un mouvement irrésistible, les deux autres savants et le Baron se penchèrent en avant, posèrent leurs coudes sur la table et allongèrent le menton : *Intentique ora tenebant.*

« Messieurs, dit sir Lewis en fermant à demi les yeux, le tort que l'on a fait à M. le Baron est si grave et sa plainte si fondée, qu'il me semble convenable, utile, que dis-je? nécessaire, d'instituer un jury, dont la décision sera solennellement signée par nous et proclamée à la face de l'univers par les Sociétés dont nous avons l'honneur de faire partie. (*Murmure d'approbation.*)

» L'accusateur, ce sera la conscience publique, justement indignée des outrages dont on abreuve un grand homme (*Oui! oui!*), un homme qui fait honneur à l'humanité tout entière. (*Très-bien! très-bien!*)

» Le témoin, ce sera le Baron lui-même. (*Certainement!*) En effet, messieurs, quelles sont les qualités requises pour qu'un témoignage soit valable en justice? La véracité, les lumières, l'incorruptibilité. (*Écoutez! écoutez!*) Or, quel homme fait de chair et de sang fut jamais plus incorruptible, plus éclairé, plus véridique que notre illustre ami ici présent? » (*Tonnerre d'applaudissements.*)

Le Baron proteste, mais en vain, contre cette ovation spontanée.

« Les jurés, messieurs, ce seront les trois hommes que trois illustres Sociétés ont choisis pour les représenter dans ce congrès. (*C'est cela! c'est cela!*)

» Enfin, messieurs, les accusés seront les auteurs anonymes des diffamations et calomnies répandues contre M. le Baron de Münchhausen. Quels qu'ils soient, à quelque nation qu'ils appartiennent, quel que soit leur rang, nous les condamnerons par contumace, en condamnant leurs abominables inventions. (*Nous le ferons! nous le ferons!*)

» Maintenant, messieurs, que nous sommes d'accord sur les principes, il ne nous reste plus qu'à passer à l'exécution. Il n'y a pas de jury possible sans un président qui dirige les débats. Pour éviter toute discussion et toute blessure d'amour-propre, je propose que chacun de nous écrive son nom sur un papier; les papiers seront pliés et jetés dans le chapeau de M. le Baron; Jahn, faisant fonction d'huissier de la cour, les tirera du chapeau. (*Très-bien!*) Le premier billet tiré de l'urne désignera le président, le second l'assesseur du président, et le troisième le secrétaire ou greffier. » (*Approuvé.*)

Le sort désigna sir Lewis comme président, myn herr van Gossipius comme assesseur, le docteur comme secrétaire.

La cour entre en séance; il se fait un silence profond; le docteur Kornelissohn essaye sa plume d'oie sur le papier brouillard du garde-main.

LE PRÉSIDENT. — Le témoin a-t-il souvenance d'avoir été avalé par un gros poisson pendant qu'il se baignait dans la Méditerranée, d'avoir séjourné un certain temps dans ledit poisson et d'en avoir été tiré par des pêcheurs qui avaient capturé l'animal?

LE TÉMOIN. — Messieurs les jurés, je ne puis pas nier que je ne me sois souvent baigné dans la Méditerranée; cela peut arriver à tout le monde. Mais je n'ai jamais été avalé par aucun poisson, ce qui fait qu'aucun pêcheur n'a eu la peine de me tirer de ses entrailles. Cette calomnie, messieurs les jurés, est d'autant plus méprisable en elle-même, et plus offensante pour moi, que, de ma vie, je n'ai pu supporter l'odeur du poisson. Si donc, par impossible, il se trouvait dans la Méditerranée un poisson capable de m'avaler, je ne sortirais pas vivant de ses entrailles, puisque dans mon enfance je fus trois jours à la mort rien que pour avoir vu de loin une petite cuiller contenant de l'huile de foie de morue, que le médecin avait ordonné de me faire prendre. (*Le témoin paraît très-ému.*)

LE PRÉSIDENT (*après avoir conféré avec ses collègues*). — Le jury comprend votre légitime émotion et la partage, monsieur le Baron. Il accueille cette invention avec le plus profond mépris. Monsieur le secrétaire, notez, dans le procès-verbal, le *profond mépris du jury.*

LE SECRÉTAIRE. — C'est fait, monsieur le président.

LE PRÉSIDENT. — Témoin, vous souvient-il d'avoir tiré, à propos de rien, sur un ballon monté par un Français?

LE TÉMOIN. — Il faudrait être un fou furieux pour tirer sur un ballon, au risque d'ôter la vie à un homme inoffensif. Je connais cette plate invention; elle n'a même pas le mérite d'être gaie ou spirituelle. Elle semble avoir été forgée, après boire, par quelque auteur famélique, pour ajouter quelques pages à un mauvais livre que le libraire ne trouvait pas assez gros.

LE PRÉSIDENT (*après avoir conféré avec ses collègues*). — Monsieur le secrétaire, inscrivez : *Pauvre et plate calomnie.* (*Au témoin.*) Avez-vous jamais eu en votre possession la fronde avec laquelle David tua Goliath?

LE TÉMOIN. — Jamais, monsieur le président. Si l'histoire qu'on s'est amusé à composer là-dessus avait été amusante. j'en aurais ri comme un autre, car j'entends bien la plaisanterie. Mais elle est lourde et déplaisante à faire pleurer un homme qui vient de faire un gros héritage. C'est comme l'histoire du cheval marin sur le dos duquel mon père aurait exploré le fond de la mer. Ce n'était pas la peine de lui faire enfourcher une monture si extraordinaire pour voir ce qu'on lui fit voir. Je connais un peu la mer, messieurs, et une partie des plantes et des animaux qu'elle renferme, et j'en puis parler; eh bien, le jour où l'on voudra tout simplement les décrire avec fidélité, on intéressera bien plus les lecteurs qu'en se mettant l'esprit à la torture pour aboutir à des poissons qui ont la tête au bout de la queue et à des arbres qui produisent des homards et autres fadaises *ejusdem farinæ*. Tout cela est indigeste comme de la mauvaise bière et lamentable comme une plaisanterie manquée. Mettez dans le même sac les misérables inventions sur les habitants de la Lune, sur la mer de lait, sur les îles de fromage, sur les indigènes qui ont trois jambes et un seul bras, sur les arbres qui saluent les passants et sur les poissons dont le ventre peut contenir des flottes et des armées. Messieurs les jurés, je ne sais si je me trompe, mais il me semble que l'exagération et la bizarrerie ne sont pas de l'imagination. Je ne suis pas grand clerc, mais j'ai lu quelques livres dans ma vie, et j'ai médité dessus, surtout à l'époque où je voyageais bien tranquillement sous le nom d'Ananias Twain, et, sans pouvoir prouver que j'ai raison, je crois tout de même que j'ai raison.

LE PRÉSIDENT (*après avoir consulté ses collègues*). — Le jury n'a pas à décider si le témoin est un grand clerc; mais il ne croit pas sortir de ses attributions en déclarant qu'il est un homme de jugement et de bon sens. Quand une histoire, comme celles que vous venez de citer, ne contient que de la bizarrerie et de l'exagération, le premier venu peut renchérir sur l'une et sur l'autre : par exemple, donner quatre jambes et pas de bras du tout, ou huit jambes, huit bras et autant de têtes, à ces prétendus sauvages qui ont, selon vos calomniateurs, trois jambes et un seul bras. S'ils me parlent d'un poisson qui avale des flottes et des armées, je leur retorquerai un oiseau qui avale la Terre d'un seul coup; ce sera aussi clair et aussi réjouissant que la mythologie de l'Inde. Ah! à propos de mythologie, est-il vrai que vous ayez pénétré dans l'Etna, et que vous ayez vu face à face Vulcain, Vénus et les Cyclopes?

LE TÉMOIN. — Parfaitement vrai, monsieur le président. » (*Profonde sensation.*)

« Mon rôle de président est fini, dit sir Lewis Caruthers, esquire, puisque la liste des questions est épuisée. Buvons un coup, après une séance aussi laborieuse. Quand le procès-verbal sera rédigé, nous le signerons, et nous entendrons avec le plus vif intérêt le récit de votre excursion dans l'Etna.

— Avec le plus vif intérêt! » répéta myn herr van Gossipius. Et le docteur, penché sur sa tâche, marmotta dans son jabot quelques syllabes indistinctes qui devaient certainement signifier : « Avec le plus vif intérêt! »

Quand le procès-verbal eut été dûment approuvé, signé et paraphé, le secrétaire jeta une pincée de cendre dessus pour sécher l'écriture, donna quatre ou cinq chiquenaudes à l'envers de la feuille pour faire tomber la cendre, et dit, en poussant un soupir de satisfaction : « Monsieur le Baron, nous sommes à vos ordres. »

« Je voyageais, dit le Baron, depuis quinze ans et peut-être plus, sous le nom d'Ananias Twain, lorsque je fis une excursion en Sicile. Une fois en Sicile, mon premier devoir de voyageur était de visiter l'Etna. Quand je fus au sommet, je m'assis sur le bourrelet du cratère, les jambes pendantes en dedans, et je me mis à contempler l'intérieur. On l'a dépeint comme une sorte d'entonnoir, et l'on n'a pas eu tort. Mais ce que je n'avais lu nulle part, c'est que, à vingt pieds au-dessous du bourrelet où j'étais assis, il y avait autour de l'entonnoir une plate-forme circulaire, semblable à la margelle d'un puits, et qui permettait de faire le tour du gouffre, sauf d'un côté, qui était déchiré par le feu souterrain, et le long duquel montaient et retombaient continuellement les cendres, les scories et les pierres enflammées de l'éruption, qui avait lieu en ce moment, ainsi que le surplus de la lave qui ne coulait pas au dehors.

» Voulant voir les choses de près, suivant ma coutume, je sautai sur cette seconde terrasse et je la parcourus en tous sens. A force de fureter parmi les rochers calcinés par le feu et noircis par la fumée, je découvris une fissure naturelle, de la hauteur d'un homme et de la largeur d'une de nos portes de maison.

» Voilà qui est curieux! me dis-je, et je ne serais pas fâché de savoir où aboutit le couloir que je vois devant moi. Je m'avançai donc en tâtonnant, et je ne tardai pas à remarquer d'abord que je descendais en pente douce, ensuite que le couloir contournait le cratère intérieur. Chaque fois que je passais du côté où se faisait l'éruption, je sentais que la chaleur augmentait considérablement; partout ailleurs elle était modérée et supportable. J'employai toute la journée à descendre. Le soir venu, comme j'avais les jambes rompues et que je mourais de faim, je m'arrangeai de mon mieux dans un enfoncement du rocher, je mangeai pour mon dîner quelques provisions que j'avais apportées, et je m'endormis d'un profond sommeil.

— Vous ne vous êtes donc pas précipité dans le cratère même, comme le bruit en a couru?

— Je ne suis pas une salamandre, » répondit laconiquement le Baron. Et il continua : « Aussitôt que je me réveillai, je continuai à descendre, car j'avais encore des provisions pour un jour et demi, et, vers le soir, je commençai à entendre comme un ronflement de forges coupé par un bruit de marteaux frappant en cadence. A la fin, je distinguai très-nettement des voix d'hommes, et, une heure plus tard, une voix de femme qui me parut charmante de loin.

» Tout à coup, au moment où je m'y attendais le moins, je fus ébloui par une lumière à la fois très-éclatante et très-douce. Une porte venait de s'ouvrir, et quelqu'un, que je ne vis pas d'abord, tant j'étais ébloui, m'adressa quelques paroles dans un langage que je ne compris pas : c'était ou de l'italien ou du grec.

» A tout hasard, je saluai poliment. Je n'eus pas plutôt fait une demi-douzaine de

10

révérences qu'une voix d'homme, forte et grave, fit entendre les paroles suivantes en pur hollandais : « Tiens! c'est le Baron de Münchhausen ! »

» Je fis un bond de surprise, et je balbutiai tout confus : « Monsieur, je n'ai pas réellement souvenance de vous avoir jamais rencontré, et je suis forcé d'avouer que je n'ai pas l'honneur de vous connaître. »

» Figurez-vous un homme très-grand et très-gros, ayant pour tout vêtement un grand tablier de cuir. Plus je le regardais, moins je le reconnaissais.

» Il riait dans sa barbe : « Je suis sûr, dit-il, que tu me connais de nom et de réputation. Tu es d'une grande famille, et il n'est fils de bonne mère qui n'ait prononcé mon nom plus d'une fois, pourvu qu'il ait appris un peu de grec et de latin. »

XXIII

Une dame mûre, très-sommairement vêtue. — Un jouvenceau efflanqué. — Scènes de ménage. — De l'inconvénient de ne pas savoir le grec. — Une discussion philologique. — Vulcain. — Vénus. — Cupidon. — Une famille déchue. — Le Baron se met à parler latin. — Le sort des anciens dieux. — Cupidon reconduit le Baron et lui demande de l'argent pour acheter du sucre candi.

En ce moment, une porte intérieure s'ouvrit, et je vis paraître une dame d'un âge mûr, très-sommairement vêtue. Elle avait dû être fort belle dans son temps, et même elle était très-bien conservée. Elle marchait à pas comptés, et prenait tout le temps des poses de théâtre. L'homme au tablier me prit par la main et dit à la dame mûre : « Ma bonne amie, voici le Baron de Münchhausen, dont nous avons entendu parler si souvent. C'est lui qui tâtonnait et trébuchait depuis deux jours dans notre escalier; c'est lui qui ronflait si bruyamment la nuit dernière; ne rougis pas si fort, mon cher Baron : après tout, tu n'es qu'un homme assujetti à toutes les faiblesses humaines. »

» La dame mûre sourit d'un air un peu dédaigneux, ce dont je fus très-mortifié. Mais en souriant elle découvrit ses dents, et je vis parfaitement qu'il lui en manquait une. « C'est bien fait! me dis-je en moi-même; cela t'apprendra à te moquer de moi! »

» Alors parut un troisième personnage : c'était un jouvenceau efflanqué, de ceux dont on dit qu'ils sont montés en graine. Il avait l'air à la fois insolent, sot et penaud. Ce personnage était complètement nu ; il avait un commencement de moustache qu'il tourmentait continuellement pour se donner une contenance. La dame mûre le regardait avec complaisance ; je remarquai que l'homme au tablier affectait toujours d'ignorer sa présence, excepté quand il trouvait occasion de lui dire quelque chose de désobligeant.

« Dadais, fainéant, lui dit-il aussitôt qu'il le vit paraître, ne pouvais-tu prendre une lumière quand je te l'ai dit hier, et monter au-devant de ce noble étranger qui a failli se rompre le cou par ta faute? »

» Le jouvenceau efflanqué fit la moue que font les petits enfants quand ils vont pleurer. Ensuite il se mit les deux poings sur les yeux et s'en alla bouder dans un coin. Comme il me tournait le dos, je vis qu'il avait aux omoplates deux ailes fripées, beaucoup trop courtes pour lui, ce qui lui donnait l'air d'un Amour d'opéra, trop grand pour son âge et pour son rôle.

» La dame mûre fronça les sourcils et se mordit les lèvres. Je vis bien que, n'eût été la présence d'un étranger, elle aurait éclaté en reproches, et que l'homme au tablier aurait essuyé une fameuse scène de ménage.

» L'homme au tablier, se tournant un peu de côté pour n'être pas vu de la dame mûre, cligna l'œil gauche à mon intention et gonfla sa joue gauche avec la pointe de sa langue. Je le trouvai bien laid et bien vulgaire, et je compris qu'il devait souvent blesser les sentiments de la dame mûre, qui, au contraire, affectait toujours une grande dignité dans ses manières et dans son langage.

» Je suis *Hephaïstos*, me dit l'homme au tablier ; ma femme s'appelle *Aphrodite*, et ce beau fils qui boude dans son coin répond au joli nom d'*Eros*. »

» Je demeurai bouche béante comme un sot, attendu que ces trois noms n'éveillaient en moi aucun souvenir ; l'homme au tablier me dit en ricanant grossièrement : « Je vois que tes études grecques ne t'ont pas laissé grand souvenir.

— Pas grand souvenir, en effet, lui répondis-je ; car je n'ai jamais su un mot de grec.

— C'est sans doute la faute de ton précepteur ?

— Non, c'est la mienne ; mon précepteur m'a fustigé tant qu'il a pu : mais j'avais la tête dure, et je n'ai jamais pu mordre au grec. »

» La franchise de cette réponse parut plaire au seigneur *Hephaïstos ;* car il sourit avec bonhomie et me demanda si je savais le latin.

« Un peu, lui dis-je.

— As-tu rencontré quelquefois dans tes livres le mot *Vulcanus*?

— *Vulcanus*, génitif *Vulcani*, le dieu du feu! m'écriai-je. Quoi! vous seriez?...

— Pourquoi me dis-tu *vous seriez* et non pas *tu serais?* me demanda le dieu au tablier de cuir. Est-ce que je suis plusieurs? Pourquoi ce bizarre emploi du pluriel?

— C'est une habitude de nos langues modernes, repris-je en m'excusant. Quand on veut honorer une personne, on lui dit *vous*.

— Vous autres messieurs des temps modernes, vous êtes des faiseurs de solécismes : voilà tout. Ah! le bon vieux temps! le bon vieux temps où l'on ne faisait point de solécismes et où nos affaires marchaient si bien!

— Ah oui! le bon vieux temps, » murmura la dame mûre, qui n'était autre que Vénus (génitif *Veneris*), déesse de la beauté. La dame mûre regrettait évidemment l'époque où elle était jeune, jolie, adorée de tout l'univers ou peu s'en faut, l'époque où elle n'avait pas un grand dadais de fils avec des ailes trop courtes et une barbe naissante couleur de chiendent, pour la faire paraître plus vieille. L'adolescent efflanqué n'était autre chose que Cupido (génitif *Cupidinis*). Il n'avait pas gagné à grandir.

« Écoute, me dit Vulcain, tu vas nous faire le plaisir de déjeuner avec nous.

— C'est trop d'honneur que vous me faites.

— Encore un solécisme! s'écria Vulcain avec une indignation comique. Veux-tu bien me dire *toi!*

— J'y arriverai peut-être, mais jamais je ne pourrai prendre sur moi de tutoyer madame ; jamais, jamais!

— Eh bien, parlons latin, puisque en latin on se tutoie toujours. Je te vois venir : tu vas prétendre maintenant que tu n'as pas l'habitude de parler le latin avec élégance. Parle-nous le latin que tu pourras, le latin de cuisine s'il le faut, mais, par mon enclume! tutoie-nous. Cela nous rappellera toujours un peu le bon vieux temps! Ah! le bon vieux temps! »

» Vénus étouffa un soupir, et Cupidon fit entendre un gémissement. Je me figurais être, et j'étais réellement dans une famille déchue, où la richesse et la puissance ont été remplacées par une pauvreté décente, mais vivement ressentie, et, par une situation équivoque, féconde en déboires, en récriminations et en querelles de ménage.

» Voulant être agréable à mes hôtes et leur rappeler « le bon vieux temps », je ramassai les bribes de latin qui traînaient dans tous les coins de ma mémoire, et je leur dis : « *Te, Venus, et te, Vulcanus, et te, Cupido, estis nimium bonos; vos multum remercio de vestra bonitate pro me. Dejeunabo libenter cum vobis. Scio quam meus latinus non est bonissimum ; sed me excusabitis, quia, ut dicit proverbium : Bellissima filia mundi non potest dare quam hoc quod habet.* »

» Cupidon me rit au nez comme un jeune homme malappris; Vénus se mordit les lèvres; mais Vulcain eut la bonté de me dire que, si mon latin n'était pas très-correct, il était du moins très-intelligible, et que nous nous entendrions facilement.

» S'ils entendaient mon latin, je n'entendais pas toujours le leur, qui était trop fort pour moi ; cela m'empêcha de tirer de leur conversation tout le fruit que j'en aurais pu tirer sans cela.

« Nos précepteurs, dis-je à Vulcain, nous parlent continuellement des dieux de l'antiquité, mais en ayant bien soin de nous dire qu'ils n'ont jamais existé que dans l'imagination des païens et de la Grèce et de Rome.

— Je voudrais bien pouvoir en dire autant de ton Dieu, me répondit Vulcain avec mélancolie; malheureusement il n'est que trop vrai qu'il existe : il nous l'a bien fait voir. Si encore il nous avait foudroyés comme les anges qui se sont révoltés contre lui, c'eût été une belle fin et digne de dieux détrônés! Mais il nous a traités comme des domestiques, en nous imposant à tous des emplois subalternes, en rapport avec nos anciennes dignités. Nous sommes tous pauvres comme des philosophes cyniques...

— Mon ami, dit Vénus d'un ton de reproche.... devant un étranger!

— Par mon enclume! dit Vulcain, nous sommes plus pauvres que des philosophes cyniques, et obligés de travailler pour vivre. Je forge d'un bout de l'année à l'autre, vois mes mains ; l'ex-déesse de Cythère fait la cuisine. » Vénus cacha ses mains par un geste tragique, et menaça de quitter la table si Vulcain insistait davantage. Cupidon, qui mangeait du bout des dents, finit par repousser son assiette d'un air dégoûté.

« Et puis, reprit Vulcain qui s'exaltait en racontant ses malheurs, il me faut nourrir ce fainéant qui se trouve trop beau pour rien faire. Jupiter, Neptune, Pluton...

— Assez! dit Vénus en étendant ses deux bras qui me parurent fort beaux. Assez! forgeron que tu es. Si tu n'as pas assez de dignité pour cacher ta propre misère, respecte au moins les secrets des autres... »

» Entre nous j'aurais bien désiré savoir quels sont les métiers des autres dieux détrônés ; mais je n'osai pas le demander, de peur d'accroître l'indignation de Vénus.

» En ce moment, Cupidon poussa un cri aigu et se frotta vivement l'omoplate. Vulcain, n'osant braver ouvertement Vénus, et furieux en même temps d'avoir été tancé devant un étranger, venait d'arracher une plume à Cupidon et se taillait tranquillement un cure-dents.

« Encore une de tes détestables plaisanteries! s'écria Vénus en dorlotant Cupidon dans ses bras maternels.

— Tu sais bien que ses plumes ne lui servent à rien, répondit tranquillement Vulcain, sinon à s'en faire accroire. Quand il ne lui en restera plus, il deviendra peut-être plus raisonnable, et cessera de pleurer pour avoir du nectar et de l'ambroisie. »

» Le repas s'acheva au milieu de discussions sans cesse renaissantes, qui rendaient ma situation intolérable. Jamais je ne fis un si mauvais déjeuner.

» A la fin, Vénus se leva et se retira, non sans m'avoir fait poliment ses adieux. Je compris que je ne lui serais pas agréable en acceptant à dîner; mon intention d'ailleurs était de ne pas demeurer plus longtemps dans un ménage si troublé.

» Vulcain fit signe à Cupidon de suivre sa mère, et nous restâmes seuls, en face d'une bouteille qu'il avait tirée d'une armoire. Je ne sais à quoi comparer l'abominable breuvage dont Vulcain avait l'air de faire ses délices. Il vit ma grimace et me dit : « On s'y fait à la longue! »

» Après plusieurs rasades, il devint encore plus communicatif, et voici ce qu'il me confia sans me demander le secret. Les dieux de l'ancien Olympe, en punition de leurs méfaits et de leurs mauvais exemples, sont réduits à une condition bien inférieure à la condition humaine ; car ils ont toutes les imperfections de l'homme, et sont soumis, comme lui, aux nécessités les plus pénibles et les plus humiliantes; mais ils ne peuvent ni mourir ni devenir meilleurs en vieillissant. Ils ne peuvent rien apprendre ni rien oublier, et c'est là leur plus grand supplice.

» Je pris enfin congé de Vulcain, malgré ses vives instances. Quand il vit que j'étais bien décidé, il appela Cupidon, lui mit une torche dans la main, et lui dit : « Sois bon à quelque chose et reconduis le Baron! »

» Contre mon attente, Cupidon montra le plus grand empressement à m'accompagner. Je n'eus le mot de l'énigme qu'à la fin du voyage. Tout le temps que nous mîmes à gravir la pente, il ne cessa de me dire du mal de Vulcain, qu'il appelait familièrement « le vieux ». J'avais beau changer de conversation, il y revenait toujours. Quand il fut fatigué de médire, il se mit à me raconter des histoires, qui me montrèrent combien il était sot, ignorant et mal élevé. Ce fut avec un véritable soulagement que je vis poindre la lumière du jour, lorsque nous fûmes à l'orifice du cratère.

« — Attends! » me dit-il quand il vit que je regardais de tous les côtés pour chercher un moyen de gravir du plateau inférieur au bourrelet du cratère. Il prit dans une fente du rocher une corde à nœuds terminée par un crampon, et la lança avec tant d'adresse que le crampon s'accrocha au rebord du rocher. Ayant tiré sur la corde pour s'assurer qu'elle était bien solide, il me dit de monter, pendant qu'il tiendrait l'extrémité inférieure pour l'empêcher de vaciller.

« Adieu ! lui dis-je avant de grimper.

« — Donne-moi un peu d'argent ! murmura-t-il avec une physionomie à la fois humble et impudente.

« — Qu'en feras-tu ? » lui demandai-je.

» Il me répondit qu'il aimait beaucoup le sucre candi.

» Je lui donnai une petite pièce d'argent qu'il fourra aussitôt dans sa bouche, vu qu'il n'avait pas l'ombre d'une poche.

» Dès que j'eus mis le pied sur le rebord supérieur de l'Etna, Cupidon donna une secousse à la corde, et le crochet disparut. »

Il y eut alors un profond silence. Cette aventure du Baron était sans doute la plus surprenante de toutes et la mieux faite pour intéresser des savants.

Le docteur Kornelissohn, qui avait commencé un grand ouvrage d'érudition sur le *Culte de Vulcain, et son sens symbolique*, se disait, en regardant son verre d'un air renfrogné : « Quel malheur qu'une pareille aubaine soit échue à un ignorant qui n'en a pas su profiter ! »

Myn herr van Gossipius demanda au Baron quel goût avait cette liqueur que Vulcain lui avait servie.

« Supposez, dit le Baron, qu'on rince avec de la vieille bière éventée un flacon où il serait resté quelques gouttes de schiedam, et qu'on verse cette mixture dans une outre en peau de bouc, enduite intérieurement de résine, et vous vous ferez à peu près une idée de la chose. »

Myn herr van Gossipius avança la lèvre inférieure en abaissant les coins de la bouche.

Sir Lewis se promit solennellement à lui-même de partir pour la Sicile aussitôt qu'il aurait rendu compte de sa mission au *Club des Excentriques*. Il partit en effet six mois plus tard. Mais il fut tué à mi-côte de l'Etna par un homme porteur d'un chapeau très-pointu et d'un tromblon très-évasé. Cet homme était avide d'or et n'avait aucune considération pour les savants. Il est vrai que sir Lewis Caruthers, esquire, avait provoqué la colère de l'homme au chapeau pointu en l'appelant brigand et en faisant mine de lui refuser sa bourse.

Jahn alluma sa lanterne et reconduisit à leur hôtellerie les trois savants qui, tout le long du chemin, furent rêveurs et silencieux.

XXIV

Le Baron est chargé d'une importante mission diplomatique. — Il retrouve un premier hussard rouge. — Un second hussard rouge. — Un troisième hussard rouge. — Un quatrième hussard rouge. — Un cinquième hussard, aussi rouge que les quatre premiers. — Menus propos d'un faiseur de fagots. — Le Baron fait une visite de politesse aux abeilles du sultan. — Un secret d'État. — Opinion personnelle du Baron sur la question d'Orient.

« Par ma pipe! dit le Baron en regardant les trois savants avec une certaine mélancolie, voici que mon histoire tire à sa fin, et je le regrette sincèrement, puisqu'il me faudra me séparer pour toujours d'une si agréable compagnie. Messieurs, dans cette masure, qu'on appelle un château pour me faire plaisir, j'ai reçu les ambassadeurs de trois grandes puissances.

» Voici à quelle occasion. L'aventure de l'Etna que je n'avais point cherchée, et qui n'a pas toujours été racontée à mon avantage, avait de nouveau attiré l'attention sur ma chétive personne.

» La France, l'Autriche et la Russie, ayant à traiter avec le sultan une affaire qui demandait le plus grand secret, me firent prier par ambassadeurs de vouloir bien m'en occuper.

» Je n'aspirais qu'au repos, mais il faut bien faire quelque chose pour aider son prochain; j'acceptai. On m'avait remis des instructions cachetées, dont je ne devais rompre le cachet qu'à Constantinople, de peur qu'en rêvant il ne m'arrivât de laisser transpirer quelque chose du grand secret.

» Je partis avec quelques gentilshommes de mes amis, me fiant au hasard qui m'avait toujours si bien servi, pour mettre la main sur de bons domestiques.

» Nous chevauchions, en devisant, par une belle journée où l'air était si calme que l'on ne voyait pas seulement trembler une feuille. Quelle ne fut pas notre surprise, lorsque tout à coup un vent impétueux s'engouffra dans nos manteaux, nous fit presque perdre haleine, et emporta nos chapeaux jusqu'au pied d'une colline où plusieurs moulins à vent jusque-là immobiles se mirent à tourner avec une grande rapidité !

« Qu'est-ce à dire? me demandai-je aussitôt, et piquant des deux, je courus au triple galop en remontant cette espèce d'ouragan. J'arrivai bientôt près d'un gros maroufle qui, la tête penchée du côté gauche, pressait du doigt sa narine droite, et produisait cette trombe de vent avec le souffle de sa narine gauche.

— Hola, hé? criai-je au gros maroufle, en me tenant en dehors de son souffle, pour n'être point emporté.

» Le gros maroufle surpris tourna la tête de mon côté et cessa de souffler.

— Monsieur le Baron de Münchhausen! dit-il d'un ton de joyeuse surprise, ne me reconnaissez-vous point?

— Si fait, lui dis-je, tu es cet ancien hussard rouge qui m'a servi de postillon.

— Au service de M. le Baron.

-- Et que faisais-tu là ?

— Je faisais tourner les moulins de mon maître. Seulement comme il a peur que les moulins ne prennent feu si je les fais tourner trop vite, je ne souffle que d'une narine.

— Je ne te connaissais pas ce talent.

— Ni moi non plus, monsieur le Baron, il ne m'est venu que depuis peu.

— Combien te donne ton maître ?

— Deux florins par jour.

— Je t'en donne quatre; viens avec moi. »

» Il accepta avec reconnaissance, et je l'emmenai avec moi.

» Le lendemain, dans l'après-midi, j'aperçus à l'horizon un point qui grossissait avec une rapidité extraordinaire, en se dirigeant vers nous. Au bout de deux minutes, ce point se trouva être un homme coiffé d'une petite calotte, vêtu de violet clair, qui courait avec la rapidité de la foudre, et cependant il traînait un poids énorme à chacun de ses pieds. J'allais le laisser passer sans lui rien dire, tant j'étais surpris, lorsque cet homme s'arrêta brusquement à dix pas de moi, et me fit le salut militaire en disant : « Salut à M. le Baron de Münchhausen ! »

— Qui es-tu ? lui demandai-je.

— Je suis, me répondit-il, un de vos anciens hussards rouges.

— Quel diable de métier fais-tu là? Et pourquoi ces poids à tes pieds?

— Je gagne ma vie à courir d'un bout du monde à l'autre, pour porter des lettres, des fruits et du poisson frais. Comme je reviens à vide du fond de la Perse, où les pêches ont manqué cette année, je me suis mis ces poids aux pieds pour m'empêcher de courir trop vite, parce que cela use terriblement les souliers.

— Je te ne connaissais pas ce talent.

— Ni moi non plus, monsieur le Baron, il m'est venu depuis peu.

— Combien gagnes-tu par jour au métier que tu fais?

— Tantôt plus, tantôt moins ; mais le malheur est que je me ruine en souliers, et puis c'est une vie trop en l'air que la mienne.

— Je t'offre deux florins par jour, une vie moins en l'air, et douze paires de souliers par an, si tu veux entrer à mon service.

— J'accepte les offres de monsieur le Baron avec une profonde reconnaissance ; j'accepterais, rien que pour l'honneur de servir monsieur le Baron. »

» Il se joignit à ma suite, et eut bien vite refait connaissance avec son ancien camarade, devenu souffleur à gages.

» Environ deux cents pas plus loin, je vis un homme couché dans l'herbe, immobile, l'oreille collée contre terre.

« Hé, l'ami ! que fais-tu là? » lui criai-je quand nous fûmes près de lui.

» L'homme se releva brusquement, rapprocha ses deux talons, et me fit le salut militaire.

« J'ai bien l'honneur, dit-il en souriant, de présenter mes hommages à le M. Baron de
Münchhausen.

— Qui es-tu donc? lui demandai-je tout surpris.

— Un des anciens hussards rouges de monsieur le Baron.

— Et que faisais-tu là, l'oreille contre terre?

— Je m'amusais à écouter pousser l'herbe.

— Et tu l'entendais pousser?

— Très-distinctement.

— Je ne te connaissais pas ce talent-là.

— Ni moi non plus, monsieur le Baron, il m'est venu depuis peu.

— N'as-tu point d'autre occupation?

— J'ai fait un petit héritage, et comme je m'ennuie à ne rien faire, je m'amuse à
écouter pousser l'herbe.

— Veux-tu, pour deux florins par jour, entendre pousser l'herbe à mon service?

— Si je le veux! s'écria cet homme avec véhémence. Je payerais quelque chose de
ma poche pour avoir l'honneur de servir monsieur le Baron. »

» Il alla retrouver le souffleur et le coureur, et je les entendis bientôt qui riaient ensemble.

» Nous apercevions déjà dans le lointain le sommet des monuments les plus élevés de
Vienne, lorsque j'avisai sur un tertre un chasseur qui visait en l'air, comme s'il se fût
proposé de faire une trouée dans les nuages.

» Le coup de fusil partit, et le chasseur parut très-satisfait; cependant nous n'avions vu
tomber aucun gibier, ni ses chiens non plus, car l'un d'eux, pour se distraire, aboyait
après nous, et l'autre avait l'air de se compter les côtes.

« Ohé là-haut! criai-je en tirant sur la bride de mon cheval.

— Ohé, là-bas! » répondit le chasseur sans cesser de tenir ses yeux fixés en l'air.

» Mais quand il se décida à nous regarder, il parut stupéfait, me présenta les armes avec
son fusil, et dit d'une voix tremblante : « Pardon, mon colonel, pardon, monsieur le Baron
de Münchhausen, j'aurais dû vous reconnaître rien qu'à la voix.

— Qui es-tu donc? lui demandai-je.

— Je suis un grossier maroufle, dont j'enrage, me répondit-il en se donnant un vigoureux coup de poing sur la tête. Répondre comme cela à monsieur le Baron, quand on
a eu l'honneur de servir sous ses ordres dans les hussards rouges!

— Je te pardonne de bon cœur, lui dis-je, à condition toutefois que tu me diras quel
gibier tu chassais là-haut.

— J'essayais, me dit-il, un fusil à longue portée, qui est de mon invention.

— Et tu visais la lune ou quelque étoile?

— Non, mon colonel, je visais un moineau que je voyais d'ici, perché sur une des
tours de Notre-Dame de Paris.

— Et tu l'as tué?

11

— Je l'ai vu tomber.

— Tudieu ! quelle vue et quel tir ! Je n'ai jamais entendu parler de cela au régiment.

— Au régiment, mon colonel, on fixe toujours les yeux à quinze pas devant soi, et l'on tire avec les carabines que l'on a. Je ne me suis avisé de tout cela que depuis peu.

— Et tu comptes sans doute t'enrichir avec ton invention ?

— Non, monsieur le Baron. Quand on tue le gibier à cette distance-là, on perdrait trop de temps à l'aller chercher.

— C'est ma foi vrai, lui dis-je ; eh bien ! veux-tu entrer à mon service pour deux florins par jour ? J'ai quelqu'un qui se chargera d'aller chercher ton gibier, et j'y gagnerai encore.

— Accepté, mon colonel ! »

» Il mit son fusil sur son épaule, siffla ses chiens et prit la file.

» Nous avions franchi depuis quelque temps la frontière de Turquie, quand je vis un homme, nu jusqu'à la ceinture, qui se livrait à un singulier exercice. Il attirait à lui, par des secousses puissantes, toute une forêt, autour de laquelle il avait passé une corde. C'était merveille de le voir, à lui tout seul, traîner un fardeau qui eût fait la charge de cent chameaux.

» Il était si occupé de sa besogne, que j'arrivai presque sur son dos sans qu'il m'eût entendu. Du bout de ma cravache je touchai son épaule nue, et il se retourna vivement.

» Ayant essuyé avec le dos de sa main la sueur qui lui couvrait le front et lui tombait dans les yeux, il me regarda, et soudain, lâchant les deux bouts de sa corde, remit précipitamment sa souquenille. Après l'avoir boutonnée jusqu'au menton, il me dit : « Faites excuse, monsieur le Baron de Münchhausen, ma tenue n'est pas réglementaire ; mais je ne vous attendais guère en ce pays-ci.

— Tu me connais donc ? lui dis-je en le regardant avec surprise.

— Quand on a eu l'honneur de servir sous vos ordres dans le régiment des hussards rouges, on n'oublie pas si facilement un pareil colonel et un pareil régiment.

— Que faisais-tu donc quand nous t'avons surpris ?

— Je gagnais ma vie, si l'on peut appeler cela gagner sa vie. J'ai été fait prisonnier en même temps que vous, mon colonel ; mais quand on a racheté les officiers, on n'a pas songé à racheter les simples soldats. J'étais porte-pipe d'un pacha. Il fut si content de mes services, qu'il me rendit la liberté par testament. Le régiment des hussards rouges était licencié, je n'avais jamais eu de famille, et je ne savais trop de quel pays j'étais. Je restai donc en Turquie, où je gagnai ma vie à faire et à vendre des fagots.

» L'ambition m'est venue, et j'ai voulu vendre des charretées de bois au lieu de fagots. Or, je me suis aperçu depuis peu que je suis bien plus fort que je ne l'avais cru toute ma vie ; et pour aller plus vite en besogne, au lieu d'abattre lentement les arbres un à un avec la cognée, j'ai eu l'idée de les déraciner par dix, puis par vingt, puis par forêts entières, en usant du procédé que vous venez de me voir employer.

— Alors tu t'enrichis?

— Bien loin de là, et je prévois le jour où je mourrai de faim.

— Tu m'étonnes. Explique-toi.

— C'est bien simple, mon colonel. Quand je faisais des fagots, je les vendais à de pauvres gens qui me payaient comptant. Maintenant je vends mes charretées de bois à des riches; mais ils achètent toujours à crédit et ne payent jamais.

— Alors tu n'es pas content de ton métier?

— Content! oh non! J'en suis si peu content que je songe à me faire porte-faix; les porte-faix, en tous pays, sont toujours payés comptant.

— Suppose que l'on t'offre deux florins par jour pour servir un maître qui n'est pas trop dur. »

» Le pauvre homme me regarda avec des yeux si suppliants que je n'eus pas le cœur de le faire languir plus longtemps. « Veux-tu venir avec moi? » lui dis-je en lui posant la main sur l'épaule.

» Il saisit ma main et la porta à ses lèvres.

« Nous étions arrivés à un village voisin de la maison de campagne du sultan. C'est là que j'avais été gardeur d'abeilles pendant ma captivité. Je laissai toute ma suite au village et j'allai visiter le château et les jardins.

» L'intendant d'autrefois était mort, mais je retrouvai Tape-Salé. Il était tout voûté et se plaignait de la goutte. Néanmoins il voulut m'accompagner dans ma visite. Nous nous trouvâmes sur le passage des abeilles, à l'heure où elles rentraient des champs.

» Tape-Salé ayant prononcé mon nom par hasard, je fus couvert en un instant d'un essaim d'abeilles qui bourdonnaient joyeusement. Tape-Salé fut épouvanté, et le gardeur d'abeilles se lamenta, disant que M. le Baron allait être dévoré par ses abeilles, qu'il était responsable et qu'il serait pour le moins empalé.

— Retirez-vous seulement, leur dis-je, et je me charge du reste. Les abeilles les plus rapprochées de mon oreille me dirent que Lissa était morte, mais qu'avant de mourir elle avait révélé à ses compagnes l'infraction qu'elle avait faite à la loi qui défend aux animaux de parler à l'homme. On lui avait pardonné, et mon nom s'était transmis de génération en génération dans toutes les ruches. Les abeilles me tinrent au courant des nouvelles de la cour et m'apprirent également que Tape-Salé s'enivrait toutes les nuits et que le pasteur d'abeilles vendait une grande partie du miel à des marchands de confitures.

» Avant de quitter le château, je conseillai au pasteur d'abeilles de renoncer au petit commerce qu'il faisait; il roula, en me regardant, des yeux si épouvantés qu'il dut me prendre pour le diable en personne.

» Comme Tape-Salé me demandait un remède contre la goutte, je lui conseillai de ne plus boire de vin ni de liqueurs fermentées, le soir, quand il croyait qu'on ne le voyait pas. Il se jeta à mes pieds, me supplia de ne pas le perdre, et me jura, par la barbe du Prophète, qu'il ferait le pèlerinage de la Mecque pour racheter ses fautes, et qu'il ne boirait plus que de l'eau jusqu'à sa mort.

» Les abeilles m'avaient rapporté plusieurs entretiens que le sultan avait eus avec son grand vizir dans la solitude des jardins, précisément au sujet de l'affaire dont j'étais chargé. La connaissance que j'eus ainsi de ses projets facilita singulièrement ma tâche et me valut, à peu de frais, la réputation d'un diplomate consommé.

» Je regrette, messieurs, de ne pas pouvoir vous raconter par le menu ce que c'était que cette affaire ; mais on m'a fait prêter serment de ne jamais en révéler un mot. Tout ce que je puis vous dire, c'est qu'il s'agissait d'assurer la tranquillité de l'Europe, en réglant les différends qui s'étaient élevés entre le Russe et le Turc, et en empêchant par de certaines mesures qu'aucune autre querelle du même genre ne vînt à l'avenir troubler la paix du monde.

— Mais, objecta sir Lewis, comment se fait-il, monsieur le Baron, que l'Angleterre ne paraisse point dans toute cette affaire ? Il m'avait toujours semblé jusqu'ici qu'en Europe nulle question de paix ou de guerre ne saurait se traiter sans elle !

— Et vous avez parfaitement raison, sir Lewis, répondit le Baron. L'Angleterre m'avait fait faire des avances, auxquelles je n'avais pas répondu, parce que je lui tenais rigueur depuis l'affaire de Gibraltar. Mais je ne négligeai pas ses intérêts, et d'ailleurs, à supposer que je les eusse négligés, elle aurait bien su les faire valoir elle-même.

— *Dieu et mon droit !* dit en souriant sir Lewis.

— Malgré les éloges que je reçus à cette époque, poursuivit le Baron, je suis absolument sûr de n'avoir conclu qu'une paix boiteuse et mal assise. Les Russes ne se tiendront tranquilles que quand ils seront à Constantinople, et les Turcs feront tout ce qu'ils pourront pour les empêcher d'y entrer. L'Angleterre soutiendra le parti qu'elle aura intérêt à soutenir et tirera toujours son épingle du jeu. Voilà mon opinion à moi. »

XXV

L'ambassadeur de Russie et le grand vizir échangent des propos aigres-doux à propos de tout et en particulier à propos des sources du Nil. — Des paris s'engagent auxquels le sultan lui-même prend part. — Il prie le Baron de Münchhausen de mettre tout le monde d'accord en allant s'assurer par ses propres yeux si l'orifice de ces sources est rond ou carré. — Le Baron accepte la proposition. — Son voyage. — Découverte des sources du Nil, dont l'orifice n'est ni rond ni carré. — Retour à Constantinople. — Le sultan est très-froid avec le Baron, qui ne lui a pas fait gagner son pari. — Les *rondistes* et les *carréistes* en veulent au Baron pour le même motif. — Le Baron devient misanthrope et renonce aux aventures et à la société des grands de la terre. — Il remercie les trois savants de leur bienveillante attention. — Conclusion.

« La grande convention venait d'être conclue entre les puissances, et l'on s'était juré, par ambassadeurs, une amitié éternelle. Cette amitié éternelle faillit se rompre le jour même où le sultan nous avait conviés pour la célébrer par un grand festin.

» L'ambassadeur de Russie se trouvait placé en face du grand vizir. Tout ce que l'un des deux disait, l'autre le critiquait aussitôt. Il suffisait que le Russe fît courtoisement l'éloge des fruits du pays, pour que le Turc les trouvât détestables. Le Russe ayant mangé une grande quantité de *caviar*, le Turc, avec des mines dégoûtées, me dit tout haut qu'il fallait qu'un peuple fût encore bien sauvage pour se nourrir de pareilles « ordures ». A la fin le Russe perdit patience et guetta toutes les occasions de blesser « son bon ami et fidèle allié ». Le grand vizir ayant dit que le Nil sortait de terre à cent lieues de la grande cataracte, par un orifice circulaire, l'ambassadeur de Russie soutint avec chaleur d'abord, avec emportement ensuite, que le Nil sortait de terre à deux cents lieues de la grande cataracte, par un orifice absolument carré.

» La querelle s'envenima, chacun des deux adversaires soutenant son opinion avec un égal entêtement. Les convives prirent parti, les uns pour l'orifice rond, les autres pour l'orifice carré.

« Baron de Münchhausen, me dit le sultan, vous êtes le seul qui n'ayez rien dit.

— C'est parce que je ne sais rien de certain sur la question, lui répondis-je avec modestie.

— Il se pourrait bien, reprit-il avec un sourire conciliant, que vous fussiez la seule tête raisonnable de la compagnie. J'ai bien envie de vous demander un service.

— Entendre c'est obéir, lui répondis-je, selon l'usage du pays.

— Vous devriez aller vérifier le fait par vos propres yeux et nous mettre tous d'accord.

— J'irai, » lui répondis-je simplement.

» Alors l'ambassadeur d'Angleterre prit la parole et dit : « Je ne sais pas si l'orifice est rond, carré, ovale ou irrégulier ; mais puisque Sa Majesté ici présente préfère qu'il soit rond, je parie qu'il est rond.

— Voilà ce que j'appelle un fin diplomate! dit sir Lewis, comme s'il se parlait à lui-même.

— Aussitôt, reprit le Baron, l'ambassadeur de France déclara qu'il tenait pour l'orifice carré.

— Cela ne pouvait pas manquer ! dit sir Lewis d'un air profond.

— L'ambassadeur de Russie, poursuivit le Baron, paria contre le grand vizir, et en moins d'une minute des paris furent engagés par toute la table.

— Et vous ne pariâtes pas ? s'écria sir Lewis d'un ton de reproche. Ah! si j'avais été là!

— Pends-toi, brave Crillon, l'on a combattu sans toi ! dit tranquillement myn herr van Gossipius, qui savait son histoire et qui n'était pas fâché de le montrer.

— Je ne pariai pas, répondit le Baron en souriant, et cela pour deux raisons : la première, c'est que je ne suis pas parieur de ma nature ; la seconde, c'est que j'avais été choisi pour arbitre.

— J'aurais parié quand même, répliqua sir Lewis. Songez donc, une si belle occasion !

— Quoi qu'il en soit, continua le Baron, je ne pariai pas, et je fus le seul à ne pas parier. Le sultan lui-même sortit de sa réserve habituelle et déclara qu'il parierait aussi s'il y avait là quelque souverain qui pût tenir le pari.

» — J'ai pleins pouvoirs de mon maître, dit l'ambassadeur de Russie en s'inclinant profondément. J'engage le pari en son nom, sûr d'avance qu'il ne me désavouera pas. »

» Le sultan fit un signe de la main, pour dire qu'il acceptait avec plaisir.

» Huit jours après, je partis pour l'Égypte, et nous commençâmes, mes compagnons et moi, à remonter le Nil. Quand le vent nous faisait défaut, mon souffleur gonflait les voiles ; quand nous nous engravions, l'ancien marchand de fagots nous dégageait d'un seul coup d'épaule.

» Quand nous voulions des vivres frais, mon chasseur nous tuait des gazelles, des lièvres, des sangliers, à deux ou trois cents lieues de là, et mon coureur nous rapportait le gibier encore chaud. Plus de vingt fois par jour je m'applaudissais d'avoir eu l'idée d'engager de si précieux domestiques.

» Quand nous arrivions à une cataracte, l'homme aux fagots prenant la barque sur ses épaules gagnait le bord et nous transportait au delà de la cataracte. Il nous remettait sur le fleuve, assez loin en amont pour que nous ne fussions plus en danger d'être entraînés par les rapides.

» Au-dessus de la dernière cataracte, le lit du fleuve est rempli de rochers fort dangereux. Comme l'homme aux fagots n'aurait pu nous porter tout le temps sans mourir à la peine, mon écouteur se couchait sur le pont de la barque et écoutait le bruit de l'eau ; à deux cents toises de distance, il distinguait le bruit de l'eau sur les écueils et nous prévenait toujours à temps.

» Arrivés à cent lieues de la dernière cataracte, nous ne trouvâmes point les sources du fleuve, et même nous pûmes juger, d'après la largeur de son lit et l'abondance de ses eaux, que les sources devaient être encore fort éloignées. Cent lieues plus loin, le fleuve était toujours aussi large. L'ambassadeur de Russie s'était trompé sur ce point aussi bien que le grand vizir.

» Nous traversâmes ensuite une région si marécageuse qu'il était impossible d'aborder à droite ou à gauche. Adieu le gibier frais ; nous en fûmes réduits aux salaisons pendant plusieurs jours.

» Au delà de ces marécages, qui fourmillaient d'énormes crocodiles, les rives du fleuve redevinrent praticables ; le chasseur et le coureur se remirent en campagne et nous fournirent abondamment de gibier et de poisson frais.

» Arrêtons-nous ici, dis-je à mes compagnons, nous nous reposerons sous la tente pendant quelques jours, et le coureur s'enfoncera dans l'ouest, pour nous faire savoir si ce vaste continent est véritablement inhabité et inhabitable, comme le prétendent tous les géographes.

» Nous campâmes sous la tente pendant trois jours, en attendant notre coureur. Il revint le soir du troisième jour, bien fâché, nous dit-il, d'avoir eu si peu de temps devant lui. Il rapportait une énorme défense d'éléphant, des fruits, des feuillages qui nous étaient tout à fait inconnus, et une grosse touffe de plumes d'autruche.

» En s'enfonçant vers l'ouest, il avait trouvé un grand désert de sable fin, mélangé de coquillages de toute espèce. D'après la description qu'il nous fit de ce désert de sable, qui se creusait profondément vers le centre, et présentait la forme d'une cuvette, je conclus qu'il y avait eu là une mer intérieure, qui s'était desséchée pour une raison que je n'avais pas la prétention de deviner. Cet homme avait fait le tour de cette mer desséchée et pensait qu'elle pouvait être environ six fois plus grande que la Méditerranée.

— Est-ce possible! s'écria mynherr van Gossipius en joignant les mains.

— Cela est, puisque cet homme me l'a affirmé. Car c'est la plus honnête créature que j'aie jamais rencontrée de ma vie : incapable de mentir, incapable même d'exagérer.

» Ensuite il avait pénétré dans des régions d'une fertilité inouïe, habitées malheureusement par des nègres idolâtres et cruels, qui sont continuellement en guerre. J'avais cru d'abord qu'il nous parlait de quelques tribus errantes, perdues dans les bois; mais il m'affirma que le pays est très-peuplé, ce dont nous ne nous doutions guère.

» Dans un bois d'arbres énormes, et dont il nous fit une description très-intéressante, il avait trouvé une clairière immense, toute remplie d'ossements d'éléphants. Il appelait, dans son langage naïf, cette clairière, « le cimetière des éléphants ». Il avait rapporté, comme curiosité, une défense dont il me fit cadeau.

» En avançant toujours plus à l'ouest, il avait rencontré de grands troupeaux d'autruches, de zébres, d'onagres et d'éléphants. Les éléphants, qui semblaient très-sauvages, l'avaient chargé avec fureur, mais il leur avait échappé facilement; il s'était mis à la poursuite des autruches et leur avait arraché les plumes de la queue à la course, non sans recevoir quelques coups de bec. Il avait recueilli toutes sortes d'objets curieux pour les naturalistes, et il en fit don au médecin de l'expédition. Nous remontâmes toujours le Nil, fort incommodés des moucherons, et surtout des nègres que nous commençâmes à voir en grande foule sur ses bords. Ils ne manquaient jamais, en manière de bienvenue, de nous saluer d'une volée de flèches. Je fus obligé de prier mon chasseur de les renvoyer à leurs affaires.

» Une bande d'hippopotames, qui jouaient à se poursuivre, nous barra un jour le passage. Le souffleur les épouvanta en soulevant une véritable tempête au milieu d'eux. Ils prirent peur et se sauvèrent le plus vite qu'ils purent, et nous les vîmes tous disparaître dans une forêt de roseaux aussi grands que des arbres.

» Dans toute cette région, infestée d'hippopotames et de crocodiles, l'eau du Nil n'est pas potable. Mon écouteur descendit sur la rive avec quelques hommes qui portaient de grandes jarres. Ayant mis son oreille contre terre, il entendit le bruit d'une source; en se dirigeant sur le son, il parvint à la source, que l'on n'aurait jamais pu découvrir sans cela, tant elle était bien cachée. Nous eûmes de l'eau fraîche en abondance; et, à partir de ce jour-là, chaque fois que nous en manquions, nous nous en procurions par le même moyen. Enfin, après une navigation de plus de deux mois, nous arrivâmes à un lac aussi grand qu'une petite mer. « Je crois, dis-je à mes compagnons, que nous voilà enfin arrivés aux sources du Nil.

— S'il vous plaît, monsieur le Baron, me dit respectueusement mon chasseur, ce lac communique avec un autre, et cet autre avec un troisième : c'est un vrai chapelet; je n'en vois pas le bout. »

Je dis à mes compagnons :

« Allons toujours en avant jusqu'au dernier de ces lacs. Nous ne sommes pas venus si loin pour reculer. »

» Enfin nous arrivâmes au dernier lac. Il était alimenté par plusieurs ruisseaux, et probablement par des sources qui sortaient du fond même du lac. Nous visitâmes toutes les sources visibles. Il y en avait de toutes les formes, mais pas une seule dont l'orifice fût rond ou carré.

» Je fis signer un procès-verbal à tous ceux de mes compagnons qui savaient signer, et nous nous reposâmes quelques jours au bord des lacs avant de repartir pour l'Égypte.

» Mon coureur, pour se dégourdir les jambes, fit une petite excursion de cinq jours. Il nous raconta au retour qu'il avait vu deux grands fleuves qui se dirigeaient, l'un vers l'ouest et l'autre vers le sud; qu'il avait été fort tourmenté par les mouches; que, sur l'un des grands fleuves, il s'élevait une buée qui ressemblait à de la fumée; qu'il s'était approché tout près, et que cette buée était de l'eau réduite en poussière par des chutes considérables. Il affirma que cette partie de l'Afrique est aussi fertile et aussi peuplée que celle qu'il avait visitée auparavant.

» Quand nous revînmes, au bout de cinq mois, à Constantinople, on ne comptait plus sur nous, et l'on nous croyait tous morts. On salua notre retour de trente-cinq coups de canon, et l'on nous entoura avec tant d'empressement que la foule faillit nous étouffer. Le sultan fut obligé de nous faire dégager par sa garde.

« Rond ou carré? me cria-t-il du plus loin qu'il me vit.

— Ni l'un ni l'autre ! » répondis-je, puisque c'était la vérité.

» Il prit un air froid et réservé, et n'écouta que d'une oreille distraite le récit de notre expédition.

» Les amis que j'avais à la cour me dirent que, si j'avais été bon courtisan, j'aurais dû dire que l'orifice était rond. Quand je leur objectai que c'eût été un mensonge, ils sourirent discrètement, me firent une courte révérence et s'arrangèrent pour ne plus me parler en public.

» De son côté, l'ambassadeur de Russie me donna à entendre que j'avais perdu une excellente occasion de mériter à tout jamais la faveur de son maître.

» Voilà comment, pour avoir voulu rester quand même fidèle à la vérité, j'eus contre moi les *rondistes* et les *carréistes;* car malgré ma parole, malgré le témoignage de tous mes compagnons, on affecta de croire que la question n'était pas tranchée; tout ce qui était russe, tout ce qui aimait la Russie, tout ce qui recevait sous main de l'argent de ses émissaires, fut *carréiste*; tous les autres furent *rondistes*, et la querelle dure encore; ce qui prouve (par parenthèse) à quel point les hommes éprouvent le besoin de se haïr les uns les autres.

» Comme il ne me restait pas le quart des sommes que j'avais reçues des puissances; comme ni le sultan ni l'ambassadeur de Russie ne parlaient de me rembourser les frais de l'expédition que j'avais faite pour leur complaire; comme les *rondistes* et les *carréistes* semblaient vouloir me mettre en quarantaine, je jugeai qu'une telle situation était indigne de moi. Sans prendre la peine de réclamer ce qui m'était dû, je rassemblai mes domestiques, je les remerciai de leurs services, et j'assurai leur sort, les engageant à user modérément des dons qu'ils avaient reçus de Dieu; car j'avais remarqué, pendant notre expédition, qu'ils avaient beaucoup vieilli. L'écouteur était atteint d'un mal d'oreilles, le chasseur d'une inflammation de l'œil droit, le souffleur d'un commencement d'asthme, le coureur d'une consomption, et le faiseur de fagots d'une courbature générale.

» Quant à votre serviteur, vieilli avant l'âge, découragé, aigri même, puisqu'il faut tout vous dire, il s'est retiré dans sa pauvre gentilhommière pour n'en plus sortir : ce lui sera du moins une grande consolation d'avoir serré la main à trois hommes aussi distingués que vous l'êtes, et de leur avoir confié le soin de venger sa mémoire auprès de la postérité. »

Les trois savants rédigèrent leurs rapports, qui furent lus solennellement dans les Sociétés dont ils faisaient partie. Les rapports furent imprimés, ainsi que les notes particulières des trois savants. C'est sur ces documents précieux que nous nous sommes guidés, c'est à ces sources que nous avons puisé pour écrire l'histoire authentique du regretté Baron de Münchhausen.

FIN

TABLE DES MATIÈRES

FIN DE LA TABLE DES MATIÈRES.

PARIS. — IMPRIMERIE E. MARTINET, RUE MIGNON, 2.

PARIS. — IMPRIMERIE E. MARTINET, RUE MIGNON, 2

www.ingramcontent.com/pod-product-compliance
Lightning Source LLC
Chambersburg PA
CBHW060808250626
47162CB00005B/1709